又見炊煙起

楊筆　著

「我們的山嶺太美麗，也太安靜了。」

「美麗是因為這裡的山水、空氣與夢想；安靜是因為每年都有人離開。」

「可為什麼？為什麼沒有人回來？」

目錄

我家門前的翡翠灣

火光中的李奶奶

菜園裡的小花台

山嶺沸騰了

滿山開遍映山紅

採茶少年撲蝶忙

李奶奶門前的百花台

我是深山保育人員

公園旁邊我的家

種下一棵心願樹

我家門前的翡翠灣

▶山嶺

客家山寨有一個深深的港灣，叫翡翠灣。沿著翡翠灣，一座座高低錯落的高腳屋一字排開，像一顆顆鑲嵌在藍色玉帶上的黑珍珠。原先，這裡是重要的碼頭，沿著碼頭拾級而上，有一 段鵝卵石鋪就的百公尺街市。街市後方有一小山坡，竹木蔥蘢的小山坡上建有三三兩兩的小樓房。黃泥牆、黑瓦房，大樟樹，茶果場，是這裡的真實寫照。

在廢墟中部有一口老古井，井沿光滑油亮，就像是一位飽經滄桑的老人，端坐在村子中央，見證了村莊的興衰。

在山嶺出生的人大多數姓牛，我叫牛一山，是山嶺小學三年級的學生。

山嶺小學在老古井的後方，這裡是整個村莊的心臟。如果說山嶺像是仙人的手掌，那麼山嶺小學就坐落在仙人掌心的位置。兩排瓦房，一邊是老師的辦公室、宿舍和食堂；另一邊是圖書閱覽室、儀器室、實驗室，一應俱全。北面山腳下還有一棟新建的兩層樓房，那是我們的教學樓。一到六年級，共六間教室，一、二、三年級在一樓，四、五、六年級在二樓。教學樓前面是司令台，高高的旗杆豎立在旗台的正中間，國旗獵獵作響，迎風飄揚。

三座校舍的中間是一個空曠的大操場。我們的課間和體育課都是在大操場上度過的。幾棵老樹分布在操場的不同方位，就像是守護校園的衛兵。其中一棵老柞樹上掛著一個高音喇叭，那是學校的指揮中心。廢墟很老了，有五六百歲了吧？如果我們孩子們都進了教室，大街上立刻安靜下來，四周靜悄悄的，半天也很 難看到過往的行人，就像一位不苟言笑的老人。

廢墟就像是一位哨兵，靜靜地守護著碼頭下面綿延不絕的客家母親河。

老師告訴我們，我們是山嶺的未來。老師和我們一起守護著山嶺的街道、山坡、校園，一起守護 著翡翠灣。

跟我們一起守護山嶺的還有幾十位老爺爺老奶奶還有貓貓狗狗和雞鴨鵝兔。我和同學們就像是山坡上的幼苗，既充滿活力，也需要呵護。爺爺奶奶就像是校園裡的老樹，歷經風雨、慈愛溫柔。

那些粗壯茂盛的大樹，是我們年富力強的爸爸媽媽，他們是我們的依靠，是我們的港灣。如今，他們幾乎全都遠走他鄉。

我的老家是那排高腳屋其中的一座，後來在老古井附近的山腳下建了一座兩層小樓，黑瓦白牆，普通得就像是山上的松樹、田間的水稻。如今，那座祖上留下的高腳屋租給了茶葉合作社，每天按時開張。

兩年前，爺爺去世後，我和福奶奶相依相偎。奶奶叫楊福妹，全村的孩子都跟著我喊她福奶奶。福奶奶微胖愛笑，就像是神龕上的彌勒佛，永遠沒有煩惱一般。

我們是一對忙碌的人。我忙著上學，忙著上山摘果、下河捕魚。福奶奶忙著耕種家裡的幾畝薄田，還要侍弄一塊菜地、兩頭大肥豬以及安排我們的一日三餐。

中午和傍晚，當孩子們在廢墟追逐打鬧的時候，是熱鬧的時候。每當夜幕降臨，山嶺就漸漸平靜下 來，在昏黃的燈光下很快進入夢鄉。只有在過年過節、民俗喜慶的日子裡，外出的爸爸媽媽叔叔嬸嬸回來了，山嶺才會熱鬧非凡。

▶翡翠灣

溪從一百多里的上游匆匆忙忙趕來，在匯入江的入口處安靜下來，納入江寬廣的懷抱。碧綠的一泓溪水在這裡形成了深深的河灣，從遠處看就像 是一塊無瑕的翡翠，與滔滔江水涇渭分明。

我想，這就是翡翠灣命名的由來吧。翡翠灣是我的樂園。我每天划著那條心愛的小木船，在河面上輕輕滑過。我的小木船有個好聽的名字——紅月牙。它是用沉在江底的千年松木挖鑿而成的，把赤色的松木一分為二，中間挖開，兩條橫梁把小小的船艙隔成三個部分，兩頭微微翹起，就像是一輪紅褐色的月牙。

你也許會說我太大膽了，怎麼一個小學三年級的孩子，可以划著小船在深不可測的河灣裡來回穿梭？

這你就太不了解我了。我還是從我爺爺說起吧！我爺爺的一個孿生兄弟小時候因為在翡翠灣玩水，不幸溺水身亡。爺爺從小立志要成為「浪裡白條」，於是刻苦練習水性。在叔伯的幫助下，他練就了一身浪裡來水裡去的本領。都說靠山吃山靠水吃水，爺爺憑著這身本領，捕魚、放排（在水裡把大量木頭從上游運送到下游），特別在淹大水的時候，常常有意外的收穫：大量被水沖來的木頭、大魚、家具，甚至活豬活禽……當然，也搶救過不少溺水的男女老少，深得附近村民的讚譽。

父親牛辰皓剛學會走路，爺爺就要教他游泳。他把船划到翡翠灣的中間，抱著幼小的父親一起跳進河裡，為了激發父親對水的喜愛，爺爺像變戲法一樣，水花頓時四濺，迎著陽光，處處彩虹乍現。父親與水有緣，在爺爺的精心調教下，

我家門前的翡翠灣

六歲就諳熟水性，能駕駛一艘小艇在水面上穿梭往來。遠近村落的孩子們非常羨慕父親，但是他們的父母對他們寶貝得很，沒有人願意冒險讓自己的孩子與「魔鬼」打交道。

父親繼承了爺爺的秉性，我剛學會走路他就帶我來到水中。但他並不急於調教我，而是讓我首先克服對水的恐懼，我漸漸喜歡上了在水中嬉戲玩耍。這時候父親才開始嚴格教我水性、駕船。由於非常辛苦和兇險，母親跟父親曾經不止爭吵一次兩次，我也一度抱著牴觸情緒。還好，龍生龍鳳生鳳，我到六七歲時，也成了遠近聞名的水中高手，人送綽號「小蛟龍一山哥」。

父親也對我頗為得意，除非在寒冷的冬季，否則我們父子倆每天傍晚都會在翡翠灣潛水，成了山嶺的一道風景。

「快看，一山哥下水了！」

「一山哥從遠處露頭了！」

「一山哥雙手抓著大魚，哇，真棒！」

聽著朋友們在岸上歡呼，我的心裡比喝了蜜還甜。

父親還在有意無意調教我，讓我學會如何判斷危險，避開風險。我也在父親的保護下，成了一個驕傲的小小男子漢。

直到父母親雙雙出國工作，這樣的日子結束了。還好，父親臨出門前，親手為我用松樹沉木挖鑿了一艘精緻的小船。看著我在翡翠灣靈巧地駕駛著小船，他們才放心前往廈門。

福奶奶可不像父親，她只允許我在夏天下水游泳。平時，我駕駛紅月牙在翡翠灣穿梭她倒是不會阻攔，只是不允許我進入大河。

「江多險灘，一山啊，千萬別把你的小舢板划進江！」福奶奶說得很嚴厲，容不得半點商量的餘地。

一次，為了炫耀，我獨自一人划著紅月牙進入寬闊的江。風大浪高，我迎著波濤，做了一系列高難度轉彎動作，贏得了夥伴們的高聲吶喊。就在這天晚 上，我被福奶奶反綁著雙手，吊在下廳的橫梁上。她一把鼻涕一把淚，拿起竹鞭打我，只打得我高喊求饒。福奶奶丟了竹鞭，哭訴自己的責任重大，哭訴自己的 不容易。我第一次有一種被架在火上燒烤的感覺。

「好好想想，你是家裡的獨苗，你這樣子叫我怎麼放心?你的父母親把你交給我，叫他們又如何放心?」福奶奶把我從梁上放下來，緊緊地抱著我。

我自責，我不怨她。那種跟著父親在江上劈波斬浪的刺激，從此與我無緣。於是，像任何一個懂事的男孩一樣，我不再任性。每天划著那條心愛的紅月牙，在水面上輕輕地滑過。翡翠灣，我的樂園，一年四季變換著她的容顏，不變的是我每天的樂趣。

▶大樟樹

在學校門前，老古井旁邊，有一棵巨大的香樟樹。大樟樹直徑約莫三公尺，七個大人手把手圍在一起，都無法將它抱住。樹冠就像一把巨大的綠傘向四周伸展。盤根錯節的根須足足占據了好幾畝的土地，一直伸展到溪。樹底下，一排大理石條凳油光鋥亮，每天都會有許多人來這裡納涼聊天。大樟樹沿著翡翠灣的一邊，是一個古老的碼頭，曾經非常繁忙。

我們村好些人的名字是帶有「樟樹」的：樟樹根、樟樹頭、樟樹妹、樟樹嫲、樟樹娭、樟樹佬、樟樹牯……或者直接就叫「樟樹」。

我雖然不叫樟樹什麼的，但是對大樟樹的喜愛是油然而生的。

有一年夏天，有人請福奶奶給他的孫子在大樟樹下取名字，我和朋友牛丁站在旁邊看。福奶奶半蹲在樹底下，手持香火，一臉虔誠。她閉著雙眼，口中念念有詞，我們連大氣都不敢出。

這時，一頭大水牛慢條斯理地從遠處走來，尾巴一甩一甩的。經過我們身邊時，它停了下來，尾巴翹起，屁股下蹲，竟然拉出一大坨牛糞。

我和牛丁捂著鼻子，那牛還回過頭來「哞」地長叫一聲，彷彿在向我們炫耀一般。看著一大坨還在騰騰冒著熱氣的牛糞，我頓時火冒三丈，抓起地上的沙子，向著那傢伙甩了過去。大水牛看著我，搖了搖腦袋，邁步走開。我拾起旁邊的一根木棒，追向大水牛。牠回頭看了我一眼，噔噔噔小跑起來。

「一山，回來！」福奶奶呼喚我。

我氣鼓鼓地返回：「奶奶，看那牛多可惡，一點也不衛生！」

福奶奶哈哈大笑起來：「你怎麼跟畜生一般見識？」我看著那一大坨牛糞作嘔，眼淚都快要流出來了。福奶奶把手上的香燭插在樹底下的香爐裡，拍了拍手站起來。

「這牛糞啊，是我們農民的寶貝呢！」福奶奶看著我，彎下身子扶著我的肩膀說，「這就是水牛獻寶！」

「什麼?水牛獻寶?」我莫名其妙摸了摸後腦勺。

「是啊，莊稼一枝花，全靠肥當家!這牛糞啊，是大水牛送給大樟樹的肥料啊!」福奶奶拍著我的小臉蛋說。

我看著牛丁，兩個人不禁笑了起來。

「回家扛把鋤頭來，把牛糞埋在樹底下，也算是為大樟樹出了一份力!」福奶奶吩咐我。

我一路小跑著回家，扛了把鋤頭出來。福奶奶接過鋤頭，在樹底下挖了一個穴，再把牛糞埋在裡面，覆上土。我們仰臉看著閃閃發亮的樹葉，大樟樹好像一下子變綠了許多。

往後，我也學著福奶奶，在大樟樹根部埋過幾次牛糞。牛丁成了我的小助手。一次，他自豪地跟朋友們說:「我們經常幫大樟樹施肥呢!」朋友們羨慕地看著我們，他們也在期待著是否有一頭大水牛迎面走來，然後撅起屁股，拉出熱氣騰騰的牛糞。

我想，我們跟大樟樹的感情就這樣越來越深了。

▶五指山

山嶺小學背後有五座小山坡。如果說山嶺像一個仙人掌，這五座小山坡就是五根仙人指。村裡人就叫這五座小山坡為「五指山」。五指山腳下樹木茂密，那是村裡人的後龍山，山上的樹木都已經成了老神仙，容不得任何侵犯。山崗上，在一片片竹林之間，村民們沿著山脊開墾出一塊塊大果園、大茶園，一畦畦，一排排，甚是壯觀。

爺爺在世的時候，我們家養了一頭黃牛，我經常跟著爺爺去放牛。竹林是很好的放牛崗，把牛趕進去，青草、樹葉，甚至竹葉都是牛的飼料。爺爺去世後，我們家把牛賣了。週末的下午，天氣晴朗的日子，我和朋友們會相約在不同的山崗，玩著不同的遊戲。

最好玩的莫過於「打倒白軍」的遊戲了。我們一般是六個同學參加：牛丁、牛勝利、牛汀州、牛毅、牛有福和我。首先推舉出兩位組長，我和牛汀州當然是每次都當選。剪刀石頭布，由我和牛汀州選組員，三人一組，分兩組。再剪刀石頭布，選出誰是「黑軍」，誰是「白軍」。黑軍舉黑旗，白軍擎白旗，首先從大茶園的一頭向另一頭衝鋒，雖然無關勝負，但要衝出氣勢。我的好強在朋友中是出了名的，拉衣服、絆倒對方，無論如何我必須是衝在最前面的，以至於有一次開批判大會，沒有一個人不責難我。

雙方的武器是用竹筒做的水槍，領地先劃分，互相隱藏好。透過迂迴曲折，想辦法潛入對方領地，從背後襲擊，水槍發射，對方身上只要「中彈」就算「犧牲」了，退出遊戲。

我有一招：口袋裡裝幾塊破布、幾塊石頭，把破布綁在顯眼的地方誘敵深入，再丟幾塊石頭投石問路，往往對方就會有人按捺不住，首先暴露目標。這一招屢試不爽。所以我無論是「黑軍」還是「白軍」，十有八九都是勝利的一方。

想不到有一次對方來了「援軍」，一個「闖入陣地」的局外人認識牛汀州，他看出了遊戲的關鍵，到處丟石頭，東奔西突，我方很快全軍覆沒。

最難忘的一次，我們玩累了，最後一場遊戲，我 在隱藏的時候不經意間發現一棵大樹底下有一個土窖，於是偷偷躲進去，把洞口掩飾好，自己躺在溫暖的土窖裡呼呼大睡。一覺醒來，村子裡早就天翻地覆了。原來，天黑下來了，雙方出動所有人都沒有找到我，於是回家報告，驚動了全村子的人。大家敲著銅鑼拿著手電筒滿山尋找，我聽到銅鑼聲，從土窖裡鑽出來，看到滿山的光亮，感到莫名其妙，也跟著他們到處跑。後來還是牛丁發現了我，大家終於鬆一口氣，把我「押解」回家，開了個大型「檢討會」。

五指山上有兩棵孿生橄欖樹。橄欖樹是野生的，比水桶還粗。說是兩棵，其實只有一棵，根部連在一起，到了一公尺左右的地方開始分杈，長成一般大小的兩個枝幹。

每年的四五月間，橄欖樹繁密的枝葉裡盛開著濃密的小白花，成群的蜜蜂在花叢中穿梭往來。一陣風吹過，星星點點的小白花便迎風飄揚。最吸引我們的應該是在初冬時節，當綴滿枝頭的果實漸漸成熟，大孩子帶著弟弟妹妹，有的提著長竹竿，有的舉著小木棒，來到樹下。膽子大的和身手敏捷的，往樹上爬。如果下過雨，樹幹濕滑無法攀登，我們只有採用別的辦法了：在長竹竿上綁上鐮刀，瞄準樹葉間的一串串果實，猛地用力一鉤，有時候還真能成串成串拉下來。但有時也會闖下禍患：撿起石頭，瞄準樹上的果實就丟，丟得太用力了，就會砸到人家的屋頂上。那家男的性子還算溫和：「誰呀？石頭都砸爛瓦片了。」我們就會趕緊藏起來。如果女主人知道了，那就很危險，我們得趕緊拔腿就跑，跑慢了保證一頓

「竹筍炒肉絲」。

這兩棵橄欖樹，經常跑到我的夢中來！

▶全面封山

站在五指山的任何一座山坡頂端向四周眺望，遠山近嶺，層巒疊嶂，草木蒼翠，鬱鬱蔥蔥。無數的鳥兒映入眼簾，尤其在翡翠灣和江河面上，一群群白鷺忽飛忽落，一下停留在枝頭，一下停留在河灘，一下停留在高腳屋的屋頂上，好一幅美麗的畫卷。

山坡上，果園、茶園，一片連成一片，一年四季都出產水果。春天有桃李，夏天有酥梨、楊梅，秋天有柑橘、柳丁、板栗，冬天有柿子。

爸爸說，他們小時候，我們山嶺可不是這個樣子。那時候，每一條進山的路上，都有成群結隊的村民從山上砍伐樹木回來。砍柴是為了解決家裡的燃料問題，也為了換取柴米油鹽。山上，除了離村子較近的風水林，再遠處已經紅土裸露，幾乎沒有什麼植被了。砍柴的隊伍越走越遠，人們向大山不斷索取、索取，走進深山……

全面封山

爸爸上小學了，村裡來了許多客人，他們站在山 頭指指點點，不久，每一條進山的路口都豎起了大大 的牌子：封山育林。家裡的柴灶改成了煤灶，再後來，家家戶戶領到了一台電磁爐，上山砍柴成了千夫所指的行徑。從這時候開始，青壯年男女開始一個個、一對對離開家鄉，去往繁華的都市，去工廠、去商場、去工地……

村裡面經常放映電影，大樟樹上架著的大喇叭每天循環播放，村子裡到處張貼著「全面封山」、「禁燒柴火」、「禁止電魚」、「保護環境」等布告。漸漸地，山嶺越來越安靜了，翡翠灣也越來越清澈了。

山嶺山上的樹木越來越多，學校裡的孩子卻越 來越少。

爸爸媽媽成了越來越模糊的影子，我每天划著紅月牙，滑行在寧靜的翡翠灣。

火光中的李奶奶

▶夢見李奶奶

最近我老愛做夢。夢見我駕駛著心愛的紅月牙在江航道上劈波斬浪，一條條大魚躍出水面，跟我友好地問好。夢見五指山的竹筍節節拔高，一片片筍殼從高處落下，有一片竟然砸在了我的腦門，朋友們哈哈大笑；夢見爸爸買了一輛很酷的賽車給我，我騎著那輛賽車穿行在大街小巷，最後騎上五指山，經過所有的溝溝壑壑都如履平地。朋友們驚訝地站在路邊，不斷尖叫。

夢見我長出了翅膀，在山嶺上空飛翔，貼著水面在江面上飛翔，呼呼的山風在耳畔迴響。我俯瞰著山川大地，自己好像成了自由自在的快樂鳥兒。

夢見升旗儀式的時候，楊校長親自頒獎：獎給「傑出學生」牛一山！全校師生用力為我鼓掌，我向人群揮手，校花牛紫萱跑過來向我獻花——那是一束我最喜歡的薔薇。

夢見爸爸媽媽把我接到都市，我和表哥鍾佳宸一起坐在遊樂園的摩天輪裡，一點也不緊張，還不斷尖叫吶喊。

夢見我來到動物園裡，裡面有老虎和獅子，有鴕鳥、犀牛和長頸鹿；還有海底世界，無數的魚兒隔著玻璃繞著我跳舞。

夢見校園裡的草坪鋪上了塑膠跑道，雜草叢生的花圃成了花海長廊，大型城堡、滑梯、蹺蹺板、秋千……我們的校園竟然成了兒童樂園。

可是昨晚，我卻夢見一位老奶奶從火光中衝出來，對著大火跳起了九連環，她身後的木房子轟然倒塌……

從樣子來看，火光中衝出來的是李奶奶，身後倒塌的房子正是她家的那座老得不能再老的木房子。我把夢中的情景告訴福奶奶，說得有鼻子有眼。福奶奶一笑了之：「小孩子，淨愛亂想！」

李奶奶七十歲了，是我們村的五保戶。她跟老伴有個獨生子，叫牛剛，牛剛高中畢業後，當了一名消防戰士，立了一次二等功、兩次三等功。二十多年前的一天，一輛吉普車載著一位長官，把他們夫妻倆接到了部隊，跟兒子告別。原來，一家廠區宿舍失火，他兒子帶著一個中隊的消防戰士去救火，為了救出一位生病的老人，他葬身火海，以身殉職。事後，他兒子被評為烈士，他們這對老夫妻就成了烈士家屬。政府把山嶺茶果場的茶園命名為牛剛茶園，以紀念這位光榮的山嶺兒郎。

火光中的李奶奶

但是，李奶奶漸漸迷糊了，患了失憶症。一開始，她餵豬的時候把豬食挑進了廁所，澆菜的時候把尿挑進了豬圈。後來，村子裡哪裡有火堆，她都會跑過去，圍著火堆舞蹈，動作越來越嫺熟，舞姿越來越好看。有年紀相仿的奶奶過去勸她，她都會說：「阿剛回來了，阿剛在救火呢，我陪陪他……」

十年前，她老伴得病去世，政府請她入住城裡，她死都不肯。她說：「我不走，我走了阿剛回來怎麼辦？他找不到我會著急的。」村主任只好依她，幫她把那棟坐落在小學旁邊的老舊木房子維修了，每個月按時送上柴米油鹽，還有一定的撫卹金。

李奶奶怕火，看到火光她會瑟瑟發抖，但是她又渴望火，哪裡有火堆，她就往哪裡去。

老姐妹們偶爾會帶著她來到牛剛茶園，一塊大大的宣傳牌，一幅巨大的油畫上逼真地畫著身著軍裝的牛剛，精神抖擻，雙目炯炯有神。

她站在宣傳牌下面，仰望著兒子的畫像，眼神專注，雙手發抖，嘴裡念念有詞。其實，她說的只有一句話：「阿剛，跟我回家，阿剛，我們回家……」

李奶奶的自理能力很強，種菜、洗衣、做飯，家裡收拾得井井有條。她對誰都好，但是，她好像誰也不認識了，除了她的阿剛。

▶村主任牛大伯

在村子裡，村主任牛大伯算是我們的核心了，他是一位有骨氣的靈魂人物，滿村子的孩子都尊敬地叫他牛大伯。

牛大伯什麼時候開始當的村主任？我們孩子當然不知道，反正大家口裡如果講到村主任，那一定是他了。而且，無論老幼，講到牛主任、牛大伯的語 氣都是自豪的。

最讓村民們津津樂道的，是牛大伯保護大樟樹的故事。

那是大煉鋼鐵的年代，當時的牛大伯還不到十歲，卻是一個敢作敢當的小小男子漢。一天，村裡開會，商討把村裡的幾棵大樹砍了，一部分賣給外地某廠煉油，一部分留來自己煉鋼，會議一致同意。真正要砍樹了，幾十名男人齊上陣，半天工夫，分布在村子裡 的幾棵楓樹、樟樹相繼被砍，只剩下村中間難度最大的大樟樹了。牛大伯那天出去放牛了，中午回到家裡，聽說幾棵大樹慘遭厄運，飯也顧不上吃，拔腿就跑，一棵一棵去看。

火光中的李奶奶

全村的人都聽到了牛大伯哭天喊地的謾罵聲。來到村子中央，他看到大樟樹安然無恙，似乎鬆了一口氣。他知道伐木工人都去吃午飯了，吃完飯還要再砍。他繞著大樟樹跑了一圈又一圈，急得滿頭大汗。隨後，又跑到當時的幾位老者家裡，求他們救救這棵樹，可是沒有人站出來。於是，他回家拿出彈弓，背了一堆橄欖大小的鵝卵石，爬到樹上，在一個樹杈上坐好，等著那些工人出來伐樹。伐木工人三三兩兩來了，他們都聽到了牛大伯要保這棵樹，嗤之以鼻：小孩子，懂什麼？

他們來到樹下，準備好大鋸，拉開架勢。忽然，一陣雨飄落下來。

「下雨了，下雨了！」他們看看天空。「沒有啊，碧空如洗，哪裡來的雨啊？」一個說。他們抬起頭來，看到牛大伯扶著樹幹，正對著他們撒尿呢！

「小鬼，幹什麼？沒看到我們要砍樹了？不要命了？快下來！」一位大漢指著他，命令他馬上下來。

「你們要砍這棵樹，除非西邊出太陽！」牛大伯把戲文裡的詞大聲說出來，樹底下哄堂大笑。

「把他的家人叫來！」為首的說。立即有人跑到牛大伯家裡，叫他父母了。

「誰上去，把這孩子拉下來！」頭頭又說。一大堆人面面相覷。爬上這棵大樹

村主任牛大伯

本身就不容易，牛大伯靈活得像猴子，要把他拉下來非出人命不可。一個長得精瘦的漢子在為首的的命令下，只好動身。他脫了外套，往手心裡「噗噗」吐兩下唾沫，抬頭看看，開始往上爬。

嗖的一聲，他腦門上中了一塊鵝卵石。只見他捂住腦門，慘叫一聲摔了下來。

原來牛大伯出手了，他拿出彈弓，結結實實給了精瘦漢子一擊。

樹底下譁然了，牛大伯在高處，又有彈弓護身，一時間人們對他無計可施。他們也想到向牛大伯投擲石塊什麼的，可旁邊就是村里辦公處，還有民房，投擲石塊一定會帶來不小的損失。

牛大伯的父母來了，奶奶也來了，問清楚了事情的原委，他們沉默了。

「還不趕快叫他下來？」頭頭催促道。

「孩子，好樣的，我們跟你站在一起！」奶奶開口了。

「什麼什麼？你要反對決定嗎？」頭頭狗急跳牆，怒吼著。

「我們支持會議的決定，我們不想多生事端！我 們只是要保護這棵樹！」奶奶激動地說。

「奶奶，我要誓死保護這棵樹，您同意嗎？」他在樹上問。

「孩子，我們一起來保護這棵樹！」奶奶動情地說。「對，我們一起來保護這棵樹！」旁邊一位爺爺附和著。

「我們一起來保護這棵樹！」好些人附和著。原來，牛大伯的動靜早就驚動了全村的人，現在大部分人都站出來，要一起保護這棵樹。事情一下子僵持在那裡。

村里立即派人向上級彙報，上級派代表下屬來調查，最後批評了會議的草率決定。會議妥協，這棵樹不砍了。

牛大伯小小年紀保護大樟樹的故事，就這樣在牛家嶺傳誦下來。

▶火光沖天

傍晚放學後，我划著紅月牙在翡翠灣四周收網。天氣好的時候，我會一大早起來，在翡翠灣幾處隱祕的洞口布下漁網，到傍晚可以收到兩三斤小魚。福奶奶變著花樣把這些小魚做成菜：炒魚乾、炸魚、燜魚、魚豆腐、魚米粉……吃不完的炒魚乾了讓我送些給李奶奶，也會分給左鄰右舍。

這天，我剛收完網上岸，看到廖奶奶從大街上奔跑而過，邊跑邊喊：「不好了，壽秀家著火了……快救火啊……」

壽秀，正是李奶奶的名字。

家家戶戶立即打開門，男的女的都提著水桶，急急忙忙往李奶奶家趕去。我急忙趕回家，推開門，迎面碰到福奶奶也提著水桶跑出來，連忙把手上的串魚掛在壁櫥上，也跟著福奶奶跑了起來。

李奶奶家在小學的那一頭，門前有一個大池塘，池塘的正前方是一條巷子，還排列著一排老舊木房子。只是其他房子都荒廢了，唯獨李奶奶家還住著人。我們趕到的時候，李奶奶家門前已經聚集了二三十人。整個院子火光沖天，木製的房子在烈火中燒得很旺。

牛大伯站在中間指揮旁邊臨時搭起一個木架子，無論男的女的，一個接一個用水桶在池塘取水，然後傳到木架子上。木架子上站著一個年輕的村幹事，他接過水桶，用力向火光中潑灑。大火閃了一下，似乎燃燒得更旺了，他又一連倒了好幾桶都是這個樣子。

牛大伯讓大家停下來。

「火勢太大，一桶一桶澆水，看來是杯水車薪！得想辦法把壽秀嬸救出來！」

大家安靜下來，等著牛大伯指揮。牛大伯看著大火，搶過旁邊一位爺爺抓在手上的衣服，走向池塘邊，毫不猶豫跳了下去，然後滿身濕透爬上岸來，把剛剛搶來的衣服裹在頭上，準備衝向大火中。

正在這時，一個身影從火堆中衝了出來，我以為眼睛花了，揉了揉，睜大眼睛一看，是李奶奶，跟我夢中看到的李奶奶一模一樣。

牛大伯眼疾手快，把裹在頭上的濕衣服就勢解下來，幫助李奶奶撲了身上的火星，然後圍著李奶奶轉一圈，看她安然無恙，總算是放心了。

李奶奶抹了一把臉，臉上黑一塊白一塊，她向大家哈哈大笑。大家懸著的一顆心算是放下了，都長長地舒出一口氣。

李奶奶對著大火跳起了舞蹈，仔細看，正是我們元宵時跳的九連環。

大家知道，這時候過去拉住她反而不好，於是圍在李奶奶身邊，把她引到離大火遠一點的地方，任由她盡情地跳。

轟隆一聲，身後的木房子在大火中轟然倒塌。李奶奶在火光中盡情舞蹈，滿是皺紋的臉蛋紅撲撲的，笑成了一朵花。

福奶奶走過來，拉住我的袖子。

「一山，這情景怎麼跟你夢中看到的一模一樣啊？」

「是啊！怎麼會這麼巧！」我也丈二金剛摸不著頭腦。

福奶奶拉著我，向李奶奶身邊走去。

▶我有兩個奶奶

身後的火光漸漸變小了。

福奶奶撥開人群，脫下自己的外衣，一把攬住李奶奶，仔細打量，發現李奶奶除了衣服被燒了幾個洞，竟然毫髮無損。福奶奶高興地抱緊了她，幫她披上衣服。

周圍一下子安靜了下來。

在火光明滅中，福奶奶拉住李奶奶的手往外走，李奶奶安靜地跟在她身後。

牛大伯伸出手，拉住李奶奶的另一隻手。

「福妹嬸，一起把壽秀嬸扶到我家吧！」牛大伯說。

「村長，其他事情都聽你的，這件事不能！」福奶奶的回答不容商量。

「哦？我代表的是政府照顧她，您倒是說說有什麼理由把她領回去？」牛大伯拉住李奶奶的手不讓她走了。

「大家過來，我講個事情！」福奶奶招呼大家圍過來。

火光中的李奶奶

大家圍成一圈，福奶奶清了清嗓子說：「我跟大家講一件很神奇的事情。就在幾天前，我孫子一山一大早起來跟我講，他夢見李奶奶了。我說李奶奶好好的，你夢見她什麼？他說，李奶奶家的木房子被大火燒了，李奶奶竟然毫髮無損，還在火光中跳起了九連環呢！我當時罵他小孩子亂說，現在看看，全都應驗了！」

人群中馬上有人議論：「奇了，真是奇了！」

牛大伯也睜大了眼睛：「福妹嬸，這是真的？」

福奶奶瞪了牛大伯一下：「我福妹子什麼時候說過假話？」人群還在嘰嘰喳喳，福奶奶舉起右手，大家又安靜下來。

「這說明什麼？說明壽秀嫂子與我們家一山有緣。再說了，我是福，她是壽，福壽不分家，你們忍心把我們分開嗎？」福奶奶口齒伶俐，說得大家啞口無言。

牛大伯搔搔後腦勺，呆呆站在那裡。大家看著他，看他怎麼決定。

最後，牛大伯極不情願地說：「本來，照顧壽秀嫂子是我們政府的事情，我是怕給您帶來麻煩啊！既然您都有理有據，我也不能把你們福壽分家是吧？這樣吧，您今晚把壽秀嫂子帶回去，幫她整理一個房間，這修修補補、床鋪被褥的錢我們出。另外，每個月的撫卹金、大米什麼的也送您家，您幫忙照顧這個老嫂子！

拜託啦！」

福奶奶真生氣了：「牛大伯，少跟我談這些。撫卹金你交給壽秀嫂子或者由村裡面保管，我這人見不得錢。」

牛大伯被數落得哭笑不得。

不知誰先帶頭鼓掌，所有人都鼓起掌來。福奶奶在掌聲中拉著李奶奶的手走在前面，我緊跟在後面，其他人也跟了過來。

天色漸漸暗下來了。一大群人走在山嶺大街上。我們把李奶奶迎回家，大家說著祝福的話，紛紛散去。

福奶奶幫助李奶奶洗頭洗澡，換上一套新衣。李奶奶容光煥發，跟村子裡任何一位奶奶一樣，樸素樂觀。雖然她還不能叫出我們的名字，但想起那晚的夢境，福奶奶說，冥冥中自有安排。

李奶奶喜歡把我攬在她的懷裡，看著我傻笑。她叫我阿剛，那是她兒子的名字。我大聲叫她李奶奶，她愣一下，眼睛一眨不眨地看著我，然後一邊回應我，一邊又叫我阿剛。

她的世界裡全是牛剛叔叔的影子。但是看得出來，李奶奶在我們家是開心的。

做飯、炒菜、餵豬、到田裡侍弄蔬菜，李奶奶都很細心。一開始，福奶奶還怕她碗洗得不乾淨，等李奶奶睡下了拿出來再看一遍，竟洗得跟鏡子一般，光潔如新。

李奶奶特別疼我，總是把好吃的菜往我的碗裡夾。每天早上，她會把我要換的乾淨衣服疊得整整齊齊，放在我的床頭，然後輕輕摸摸我的額頭，躡手躡腳地關門出去。

我有兩個疼我愛我的奶奶。我想我是全世界最幸福的人了。

▶姑姑回來了

福奶奶把李奶奶接回家的事情，爸爸媽媽當然首先知道了。是福奶奶打的電話：「皓，跟你說一件事，我把李壽秀孀接回來了！」

「什麼？把誰接回來了？」爸爸顯然不大相信自己的耳朵。

「壽秀，阿剛他娘！」福奶奶提高了嗓門。

「媽，您別開玩笑啊，到底怎麼回事啊？」爸爸聽見福奶奶提高了嗓門，也跟著提高了嗓門。

於是，福奶奶把我做了個什麼夢，李奶奶如何應驗了這個夢，再說了一遍，她是多好的一個人、多可憐的一個人……一五一十地說了。

最後，福奶奶說：「是我的主意，不是徵求你們的意見，就是告訴你們一聲！」

爸爸沉默了一下，回道：「媽，既然您決定了，以後她要是有什麼七病八災的，您也別告訴我……一山……他歡迎嗎？」

福奶奶把電話遞給我，我接過電話大聲說：「老爸，我歡迎李奶奶。我有兩個奶奶疼我了！」

「好好好，你這個機靈鬼！跟奶奶一個脾氣！」爸爸吼道。

福奶奶接過電話：「你兒子比你懂事多了！在外你們兩個人多互相照顧，家裡不用你操心！」

「哎……好……媽……你們保重！」爸爸掛了電話。放下電話，福奶奶呆坐了一下。爸爸雖說沒有強烈反對，但是雙方也鬧出了不愉快。每次都是這樣，電話裡，福奶奶向來很強勢，放下電話，又會獨自發呆。其實，每次爸爸回來，福奶奶都是依他的。

我問過福奶奶，怎麼通電話時從來不讓著老爸？福奶奶說：「這樣，你爸爸在外頭就會少操心，他媽媽身子骨硬朗著呢。」其實我聽得出來，爸爸不歡迎李奶奶，是怕她給家裡帶來負擔。

也許是爸爸的主意，也許是姑姑想福奶奶了。週末，姑姑從城裡回來了，跟著姑姑回來的還有表哥鍾佳宸。

那天下午，我從翡翠灣回來，手上拎著一串小魚。剛進家門，我的眼睛被人遮住了，一個熟悉的聲音在咯咯咯地笑。

「表哥你來了！」我大聲喊著，那雙遮住我眼睛的手拿開了。果然是他，他一臉壞笑看著我。

「你看你，這麼土，能不能穿得好看一點！」鍾佳宸斜著眼看我。

他穿著牛仔吊帶褲，白襯衫，戴一副眼鏡，雙手插在屁股後面的口袋裡，酷酷的樣子。

我懶得理他，把拎著小魚的手一揚，逕自進了廚房。「哇，哪裡來的小魚？」鍾佳宸從後面跟過來。

姑姑正在幫助福奶奶下廚，和米漿、切菜，福奶奶把一小盤魚乾去骨，撕成一小塊一小塊。我知道晚上做粄條，我非常喜歡的客家小吃，好久沒吃了，忍不住口水都要流出來了。

「姑姑，您來了！」我靦腆地叫了一聲，把小魚掛在牆上。

「二山，好孩子，長得挺高嘛！」姑姑放下手上的事情，仔細打量著我，看得我都不好意思了。

「什麼，都沒我高！」鍾佳宸不服氣似的，要過來跟我比身高。

我倆同歲，他是一月出生的，我是十月出生的，差半年多呢。他站在我身邊，我們身高卻差不多，這下他有點不高興了，故意踮著腳尖，嘴巴翹得老高。

我看他的樣子，覺得好笑，轉身拉一下他的衣服：

「走，划船去！」說完，我飛一般跑了出去。鍾佳宸一轉身，也飛一般跟過來。

「別玩太久，早點回來，晚上吃粄條！」福奶奶的聲音從後面追上來。

我們來到翡翠灣，坐上我心愛的紅月牙，我在前面划，鍾佳宸坐在後面的橫梁上，小木船在高腳屋下滑行。

「哇，好美的木樓！如果爸爸來了就好了，他的相機可是最高級的！」鍾佳宸看著高腳屋，非常驚訝。

小船繼續前行，我讓表哥回過頭來看看，一排排高腳屋就會有一排排倒影，在

火光中的李奶奶

夕陽的餘暉中，猶如一幅美麗的油畫。鍾佳宸誇張地張大了嘴巴。

「實在太美了！」鍾佳宸由衷讚歎。

「說說看，比城裡的公園怎麼樣？」我故意刺激他。他頓時收了誇張的笑容：「有什麼可比的？城裡有摩天輪，城裡有遊樂園，城裡有遊艇……喂，一山，我來划吧！」說完，他就伸手過來搶我手上的船槳。

我連忙制止他：「這是翡翠灣，不是城裡的公園！」「翡翠灣有什麼了不起的？」鍾佳宸不服氣了。

「這裡的水可深了，再說，水裡暗流湧動，到處都有危險！」我警告他。

「我在公園裡划得可好了，不信你讓我試一下？」鍾佳宸不服氣。

「第一，不許打轉，要劃得平穩；第二，不能划到大河裡，只能在翡翠灣範圍內；第三，人不可以站起來，這樣才能保持平衡。你能夠做到我就讓你划！」我想，該讓你出出醜，於是故意挑逗他。

「這有什麼，小菜一碟！」鍾佳宸接過我手中的船槳。

我們交換位置，他開始把船槳左一下右一下往後划，船向前滑行，還算平穩，於是他向我做了一個鬼臉。

「還可以，轉彎，往回走！」我說。鍾佳宸開始加快速度，這下紅月牙可不那麼聽話了，開始左閃右閃，後來乾脆轉起了圈，一點都不聽使喚。

「表哥，我來吧！」我伸出手，要接過鍾佳宸手上的船槳。

這下他也急了：「不行，我就不信，不能把你划回去！」

於是，他弓起身子，用力向後划，動作幅度越來越大，紅月牙根本不吃他那一套，不光沒有往回走，反而顛簸著往江方向駛去。

「快坐下，我來！」我命令他。

這時他也隨著小船搖晃起來，船槳不小心脫手，斜斜地飛了出去，人也跟著就要掉下去。

說時遲那時快，我抓住他的牛仔吊帶用力往回拉，他一個踉蹌坐了回來。我看他一臉驚恐，眼睛傻傻地看著漂浮在遠處的船槳呆住了。

我蹲下馬步，雙手扶住船沿。佳宸也老實了，坐在橫梁上，雙手死死抓住船沿。好不容易，紅月牙平 穩下來，在水面上靜靜漂蕩。

這樣可不行，我想。如果沒有船槳，小船就不能被我們划回去，萬一沖到江裡，大風大浪就危險了。我看到船槳在遠處漂動，幸好沒有往河口方向漂，要不早就隨著水流漂走了。

我讓表哥坐好，我脫了衣服，滑進河裡，把小船往高腳屋的方向推，然後把繩子繫在高腳屋的柱子上，轉過身來，往船槳漂去的方向追去。

眼看離船槳越來越近了，一陣風掃過，船槳竟然往河口方向一起一伏地漂動。我抬頭看看天空，太陽就要下山了，也起風了，得趕緊把它追回來。我深深吸入一口氣，看准船槳的方向潛入水中，水中阻力小，我一口氣潛了好遠，一露頭，船槳竟然在我的後方。我撈到船槳，舉得高高的。

「鍾佳宸，我棒不棒？」我大聲喊。

「馬馬虎虎……你就……不能……謙虛一點啊？」

表哥大聲回我。

我一下仰泳，一下潛泳，一下蛙泳，在水中劈波斬浪，來到紅月牙旁邊，吐一口水，翻身上船。

「算你厲害！」鍾佳宸嘟囔一句。

「什麼？我沒聽見！」我故意大聲問他。

「沒什麼，回家！」鍾佳宸扭過臉去。我看著他的後腦勺，心裡偷樂！

菜園裡的小花台

▶愛講故事的李奶奶

聽說，李奶奶年輕的時候擅長說書和歌舞。

我留意著李奶奶的言行舉止，她不認識人，見誰都笑嘻嘻，名字也張冠李戴。但是沒人的時候，她會一邊哼唱，一邊做家事。有時候還會停下來，像戲台上的旦角，唱上一齣。

我把看到的情形告訴福奶奶。福奶奶說，年輕時學到的東西可以陪伴人一輩子，哪怕像李奶奶一樣得了失憶症，也不會輕易忘記。

她還說，李奶奶年輕的時候，不光人長得漂亮，還多才多藝呢，黃梅戲、歌仔戲樣樣都行。她還會說書呢，《三國演義》、《隋唐演義》、《楊家將》等傳奇故事說得有模有樣。李奶奶在我心目中的形象頓時美麗起來。

一天吃過晚飯，我們祖孫三人端著小板凳在院子裡乘涼。我給兩位奶奶捶背，她們有一搭沒一搭說些陳年舊事。

幫李奶奶捶背的時候，我輕輕地問：「李奶奶，您會講故事嗎？」

「講故事？會呀！阿剛最愛聽我講故事了！」李奶奶笑嘻嘻地說。

「那您講講！」我趁熱打鐵。

「阿剛，想聽故事你早說呀！」李奶奶拉住我的手。我把小板凳端到李奶奶身邊，挨著她的膝蓋坐下來。福奶奶也把板凳端過來，跟李奶奶面對面坐著。借著月光，我看見李奶奶發光的臉蛋，也看到了福奶奶微笑的臉龐。

福奶奶悄悄向我豎起了大拇指。李奶奶端起說書的架勢，正了正衣襟，輕咳兩聲，用與平時完全不一樣的腔調開始說書——

今天，我們講「朱家天子楊家將，朝上換皇不換將」。各位聽眾，話說唐朝末年，有一個著名的風水先生叫楊筠松，他十分善用易經術，是當朝國師，可以呼風喚雨，能夠找到龍脈之基，專門負責勘察地理、擇吉時、斷八字等。因為他經常用地理風水術濟行於世，從不收取窮人一分一毫，反而幫助貧者發家致富，所以世人皆稱其為「救貧」先生。

有句俗話說，地理先生沒屋場，算命先生半路亡。說的是地理先生只會幫別人看風水，算命先生只會幫別人斷生死。只要涉及自己和家人，一切都不靈驗了。

可這位楊先生偏偏不信邪。他幫別人看風水看多了，心裡面癢癢的，終於也想到要斷一下自己家的風水，改變一下家族命運了。於是，他開始用自己總結出來的獨門絕技來找尋龍脈了。

烏飛兔走，楊先生背著先人的骨灰曉行夜宿，翻 山越嶺，可謂是歷盡艱辛。他找啊找啊，一直找了十多年，終於在大江邊找到了一處水牛地。當時，水牛還泡在水底，楊先生不習水性，加上大江之水又深又急，實在沒有辦法下去葬祖宗的骨灰，怎麼辦呢？

正當楊先生快要抓破頭皮的時候，突然來了一個放牛的小孩，這牧童叫朱一郎，應該是朱元璋的祖宗。因為朱元璋和楊先生可不是同時期的人，差了好幾百年呢！楊筠松眼珠一轉，計上心來，他故意激將：「孩子，我猜你不會游泳！」

朱一郎看到仙風道骨的楊先生和藹可親，說出來 的話卻像是看不起自己，他拍拍胸脯說：「風裡來浪裡去，我的游泳本領可高強了！」

楊先生見孩子中計，掏出一包點心說：「如果你能夠幫我把這個盒子放進下面水中的洞穴裡，這包點心就歸你了。」

「幹嘛要放進去？我幹嘛要聽你的？」朱一 郎古靈精怪，才不上鉤。

楊先生看他是孩子，也就沒設防，就把下面有仙牛喝水的事說了，說把祖宗的骨灰放在水牛的嘴裡，子孫後代就可以大富大貴了，但是自己不會水性，想 叫朱一郎下去幫自己把祖宗的骨灰放進去。

精靈的朱一郎一聽有這種好事，就說下去可以，但也要把自己祖宗的骨灰一起葬下去。楊先生沒有辦法只好依了。

朱一郎一路快跑著回到家中，將其父的骨灰用香蕉葉包好。什麼？為什麼要用香蕉葉？因為他家裡窮嘛，買不起盒子。他把包好的骨灰拿在手裡，又小跑著回到了江邊。這時候剛好是中午十二點，楊先生把 用紅布包好的骨灰遞給朱一郎說：「你回來得正是時 候，現在太陽很猛烈，水牛會開口飲水，生龍開口嘛！你馬上下去把骨灰放在水牛嘴裡！」

朱一郎潛水下去，果然看到一頭非常特別的水牛正張開嘴在江底喝水，於是他先把自己那包用香蕉葉包好的骨灰遞了過去，水牛一見綠色的香蕉葉，張口就吃到肚子裡去了。接著，他再把楊先生那包用紅色 布包好的骨灰遞過去，沒想到水牛一見遞過來的紅布 就發飆發怒，朱一郎沒有辦法，只得把「紅包」纏縛在水牛的右角上。水牛更氣了，想用角來撞人，朱一郎沒等牛角刺到，轉身用力浮出了水面，隨即將在江底發生的實情告知楊先生。

楊先生明白是怎麼回事了，唯一挽救的辦法是呼龍。於是他大聲呼「龍」道：

「左角出文相，右角出武將，中間出和尚。」精明且叛逆的朱一郎一聽「要我家後代做和尚」？不肯善罷甘休，揚言要再下江去把楊先生家的骨灰倒進江底餵魚。楊先生見勢不妙，只得再次呼「龍」道：「左角出文相，右角出武將，正穴出皇上。」一邊呼一邊覺得虧大了，於是，趁「龍」還沒飛起來，又補充道：「朱家天子楊家將，朝上換皇不換將！」他剛呼完，突然狂風大作，頃刻間雷雨交加，隱隱約約中看到一頭水牛從江裡躍出，飛奔而上……

世事滄桑，想不到此後發生的事還真應驗了「右角出武將，正穴出皇上。朱家天子楊家將，朝上換皇不換將」的說法，到了宋朝的時候，「楊家將」開始世代聞名，此後，每個朝代都有姓楊的人做將軍，楊家將的故事也家喻戶曉一直流傳到現在。而朱一郎的後代朱元璋或許因為楊筠松第一次「呼」龍說的是「左角出文相，右角出武將，中間出和尚」的原因確實做過和尚外，最後還成了明朝的開國皇帝，應了那句「正穴出皇上」。

看看，誰說地理先生沒屋場，算命先生半路亡？

這位名師先生楊筠松「前人種樹，後人乘涼」，被傳為佳話……

「阿剛，你說這個故事好不好聽？」李奶奶歪著頭問我。

我看著可愛的李奶奶，用力點了點頭。

▶四季如春的小菜園

自從李奶奶開始講故事以來，我感覺到自己已經離不開李奶奶了。放學回家，我把書包一丟，不是到翡翠灣收網，就是找到李奶奶。當然，她除了在家裡就是在屋子後面的菜園裡。

菜園不大，呈橢圓形，沿路鋪了青磚，走在上面乾乾淨淨的。這還是爺爺在世的時候鋪的，我小時候是爺爺的跟屁蟲，爺爺愛侍弄菜園，他怕我滑倒在田裡，所以用青磚鋪了一條路，連靠房子這邊的 田埂也鋪上了青磚，我可以在上面自由往來。

如今，菜園成了李奶奶每天必到的去處。她把菜地鏟得乾乾淨淨，沒有一棵雜草。各種蔬菜生長茂盛，長葉的、開花的、結果的，瓜架豆把，一畦畦、一壟壟，色彩斑斕，豐富極了。

這塊田能夠有今天這個樣子，可不簡單！

最初，這是一塊荊棘地。爺爺奶奶把亂石密布的荊棘叢刀劈火燒，再用山鋤把地翻鬆，石頭撿了一擔又一擔，放在四周作為田埂。花了好幾個月的 時間，一畦地成形了。

可是，這樣的地怎麼能夠種菜呢？這些翻出來的沙土沒有一丁點肥力。爺爺想了一個 辦法，他將尿稀釋了澆在地裡，把農田裡容易長 的草籽灑在地裡，漸漸地，地裡竟然長出了各色小草。在小草正旺的時候，爺爺又重新翻一次地，把小草覆蓋在底下。如此反覆多次後，又挑來牛糞豬糞，和泥土拌勻，一塊黃黃的沙土地，竟然開始變黑，肥力逐漸增強。

奶奶看著被爺爺待弄了一年多的荒地，竟然成了一塊好地，連誇了爺爺好幾天呢！從此，爺爺奶奶開始正經地在這塊地上種菜，而且地越來越肥，種出來的蔬菜也越來越好吃。

現在，李奶奶在這塊菜地裡可是英雄有了用武之地。

自從把李奶奶接到家裡來後，福奶奶全力待弄家裡的幾畝良田。菜地基本上由李奶奶打理了，只是得提醒她該種該收了，另外把菜籽準備好，按照季節及時更換菜種。

一天下午，我放學回來，連忙跑到菜地裡。只見李奶奶站在青磚鋪就的田埂上，面向菜地，有模有樣在唱山歌呢！她的歌聲抑揚頓挫，時而像高山流水，時而像疾風驟雨，時而像泉水叮咚……只聽她唱道——

圍龍屋後一丘田，春夏秋冬鬧連連，
蝴蝶蜜蜂來跳舞，咱家日子比蜜甜。
高山隴頭一口泉，流來流去幾千年，
有人吃得泉中水，六十花甲轉少年。

我忍不住鼓起掌來。

「阿剛，阿剛！」李奶奶轉身抱住我，突然又觸電般地把我推開。

「你不是當兵去了嗎？怎麼跑回來了？」

她的表情很怪異，兩眼冒著光。

「我不去當兵，我要陪著李奶奶！」

看她陰晴不定，我不由得緊張起來。

「不當兵，對，我的阿剛不要當兵！」李奶奶拉住我傻傻地笑了。

看著眼前的菜園，一年四季鬱鬱蔥蔥，充滿生機和活力；可是再看看身邊的李奶奶，我卻落淚了。

我的好奶奶呀，什麼時候你才能清醒過來呢？

▶我們家的節日

天空蔚藍，碧空如洗，讓你懷疑山嶺的秋天沒有一絲波瀾。

因為是週六，我到翡翠灣布網，到五指山瘋玩，再到翡翠灣收網。今天收穫很豐富，鯉魚、鯽魚 都有網到，尤其是那條一斤多的鯽魚，圓滾滾的魚肚，彷彿在告訴你，整個夏天牠的日子過得多滋潤！

福奶奶在家裡收拾這些戰利品。李奶奶在菜園裡除草，天色尚早，我也過來幫忙。我提一個草籃，把李奶奶堆放在各個角落的青草抖落乾淨，放進籃子裡。這是我們家兔子的口糧，經過精挑細選，都是牠們愛吃的青草。

看到我，李奶奶很健談。講演義，講土地分配，講阿剛小時候……七零八碎，反正她也不懂你在聽不在聽，她講她的，你做你的，互不干涉。一抬頭，我看見菜園的角落裡有一堆淩亂的磚塊。

我靈機一動，跑過去把磚塊一塊一塊地刮乾淨，一層一層地堆起來，竟然成了一個半公尺多高的磚台。

李奶奶用奇怪的眼神看著我。她也許會想，這孩子想幹什麼呀？

搭好磚台，我試了試是否扎實，還好，雖然有點晃，但只要雙腳站穩，保持重心沒問題。

我站在上面向著李奶奶，有模有樣地講起了打仗的故事。講著講著，也許是因為我太投入了，沒想到磚台塌了，我尖叫一聲，右腳斜斜地踩在了一塊碎磚上，頓時感到一陣鑽心的疼痛。我的腳趾被劃破了一道口，鮮血流了出來。

福奶奶從家裡快步跑過來，扶我坐在田埂上，蹲下身子，把我腳底的泥土洗乾淨，朝傷口吹了吹氣，我頓時感覺傷口不那麼痛了。幸好傷口不大，也沒流多少血，她用手帕幫我包紮好傷口，拍了拍手，扶我站起來。

奇怪，李奶奶怎麼沒反應？

福奶奶和我正納悶呢，轉過臉來，看見李奶奶呆呆坐在另一邊的田埂上，淚流滿面。

福奶奶連忙過去把李奶奶拉起來，拍了拍她的衣服，吃驚地問：「老嫂子，您這是怎麼啦？」

李奶奶喃喃地說：「他是被大火活活燒死的……活活燒死的……」

我一瘸一拐地走過去，聽到李奶奶說的話才恍然大悟，阿剛是在救火的時候犧牲的，他跟剛剛我講的打仗的故事何其相似啊！

福奶奶和我一人一邊，扶著李奶奶回家。李奶奶的眼淚，讓我們的心稍稍寬慰了一點。因為，自從李奶奶來到家裡，從來都是傻傻地笑。我們知道，她是把痛苦深深埋在心裡，今天能哭出來反而是一種很好的宣洩。

果然，吃晚飯的時候，李奶奶看著福奶奶說：「福，我知道阿剛已經不在了，一切要向前看。咦？我怎麼住到你家裡來了呀？」

「福」，自從阿剛犧牲後，李奶奶已經很多年沒再這樣叫了。所以聽她這麼一叫，福奶奶寬慰地笑了。

我走過去，用袖子給李奶奶拭去臉上的淚水。

福奶奶拉著我的手說：「這是我孫子一山，你們倆投緣，這段時間誰也離不開誰！」

李奶奶把我攬在懷裡，摸著我的頭說：「一山這孩子懂事，就像我的阿剛……」

李奶奶破涕為笑，把額頭頂在我的頭上，很有力氣。福奶奶就把這些年的情況簡要地跟李奶奶說了，而那天神奇的大火說得特別詳細。

李奶奶眼裡漾著淚，動情地說：「好心人哪，你們都是好心人！」

福奶奶把手放在李奶奶的手背上：「別這麼說，你過來幫了我不少忙呢！」

福奶奶又把李奶奶到我們家以後的情況跟她說了。李奶奶一臉迷茫，彷彿一切都是在夢中。

這個晚上，李奶奶教了我一首兒歌，福奶奶做了我最愛吃的雞蛋鯽魚湯。就著乾炸河蝦，福奶奶和李奶奶破天荒，一人喝了一大碗米酒。

我們家裡洋溢著節日的喜慶氣氛。想不到，奇蹟只在一夜之間。

過了幾天，正是週六，天氣晴好，兩個奶奶早早起來在廚房裡忙碌。她們用糯米、紅糖、芝麻做了許多糖棗。吃過早飯，福奶奶帶著李奶奶和我，一家一家串門分發糖棗。李奶奶神志清楚了，大家都由衷地高興，我們離開的時候都會給幾顆雞蛋，一些麵條，福奶奶也不客氣，把大家的心意統統收下。

最高興的要數牛大伯了，他殺了一隻大公雞，留我們三個好好款待一番。

天更藍了，水更清了。從此，我們家充滿了笑聲，是那種從內心裡流露出來的笑聲。

福奶奶在第一時間告訴了爸爸媽媽。我感覺得到，老爸老媽在遠方也由衷地高興。

▶人見人愛的小花台

翡翠灣是個神奇的地方，那裡有無窮無盡的樂趣和取之不盡的鮮魚。

這段時間，我的同班同學牛丁和我特別要好，原因很簡單，牛丁是習慣性口吃，結巴起來，一整天說話都不俐落。我愛講故事，他就纏著我，非要我教他講故事，他要自己克服口吃的毛病。

上午，我們划著紅月牙，在翡翠灣靜靜滑行放網、沿著高腳屋打撈垃圾、幫助孩子們尋找丟失的玩具……

我們把紅月牙停在碼頭邊，我跟牛丁說林沖夜宿山神廟的故事。故事很精彩，他只顧得拍手叫好，竟然忘記了自己要複述一遍，害得我又得重講。

他確實是個有決心的好夥伴，儘管說話還是不流暢，但一遍下來，硬是沒有重複一句話。

望著他開心的樣子，我也很開心。於是，我同意他到我家看看菜園。

回到家裡，李奶奶就拉著我來到菜園裡。只見前幾天塌了的磚台被疊得整整齊齊，一層黃泥一層磚，磚與磚之間還留了小小的縫隙，也填上了漿好的黃泥。

「李奶奶，是您幫我搭的嗎？」我吃驚地問。李奶奶滿面紅光，害羞似的點了點頭。

我一蹦三尺高，大聲說：「李奶奶會搭磚台了，李奶奶真棒！」

我把這個消息告訴福奶奶，福奶奶聽了也非常高興。

吃過午飯，牛丁如約而來。我首先帶著他來到菜園裡，看著滿園綠油油的蔬菜，他羨慕得不得了。

「要是我家的菜園也這麼漂亮，我每餐可以多吃一碗飯！」牛丁說。

「別這麼說，你家趙奶奶聽了會不高興的！」我糾正，「趙奶奶也不容易，既要照顧你癱瘓的爺爺，又要種田，一日三餐夠她忙的了！」

牛丁聽了低下了頭。聽說前段時間他爸爸又在工地上受了傷，一家人的生活真是雪上加霜。

「待會兒，我讓李奶奶送一把蔬菜給你！」我過去安慰他，拉著他來到李奶奶搭好的小磚台。他的眼中露出異樣的光芒。

菜園裡的小花台

「一山，這小磚台多精緻呀！誰搭的呢？」牛丁好奇地問。

我莞爾一笑：「李奶奶搭的！這滿園子的蔬菜都是她種的！」

看我自豪的樣子，牛丁也快樂了不少。

我站上小磚台，學著李奶奶的樣子，講了「朱家天子楊家將，朝上換皇不換將」，牛丁一下子被故事吸引了。接著我走下台來，讓他站在台上，學著我的樣子，把故事複述一遍。

牛丁非常認真，舉手投足有模有樣。他講完一遍又要求再講一遍。

菜園裡蜜蜂飛舞，我再看看牛丁的樣子，他不正像這園子裡的蜜蜂一樣嗎？辛勤的牛丁，辛勤的小蜜蜂。

太陽快要落山了，我請李奶奶摘一把蔬菜送給牛丁，李奶奶愉快地答應了，挑了最嫩最油亮的蔬菜，摘了一大把送給牛丁。

「跟奶奶說，要菜儘管來摘！」李奶奶把蔬菜抱給牛丁的時候，微笑著說。李奶奶多麼希望有人來分享她的勞動果實呀！

從此以後，只要天氣好，放學的時候我都會邀請牛丁來到我家，我們輪流站在小磚台上，講故事給李奶奶聽；牛丁的口吃病，竟然漸漸地好了。

而我們那個精緻的小磚台呀，也是越來越奇妙。先是一層一層的磚縫裡長出了小草，越長越多，小磚台成了一座綠色的小磚塔。後來，小草開花了，小磚台又成了漂亮的小花台。

週末的時候，李奶奶在菜園裡侍弄蔬菜，都會忍不住看看那個漂亮的小花台。而這個時候，我和牛丁又會輪流著站上去，聲情並茂地講起我們腦海中剛剛醞釀好的奇聞軼事。

這是我們最最開心的時候了。

▶城裡來的客人

「我就不信你有那樣的小花台！」表哥鍾佳宸在電話那頭叫著。

是啊，他怎麼可能相信，山嶺不光有翡翠灣，還有一個精緻的小花台？

他還是抵不過我描述的誘惑，一定要來看看。看看就看看，難道你能搬到城裡去？

這次，表哥是自己一個人來的。姑姑在城裡送他上車，我和福奶奶在大樟樹底下迎接他。

菜園裡的小花台

「走，看看你的小花台！」剛下車，表哥就迫不及待。

我們徑直來到菜園，來到小花台。鍾佳宸眼睛立馬發直了，他看著菜園，繞著小花台轉了好幾圈。一旁的小白菜開花了，金黃色的花瓣在陽光下非常耀眼，成群的蜜蜂在花叢中嗡嗡嗡地飛舞著，把小花台襯托得更加富有詩意了。

「以前你怎麼不叫我來看看？這簡直就是夢幻世 界！」鍾佳宸叫嚷著，眼前的一切好像都是假的，出乎他的意料。

「淡定，這次怎麼不笑我土包子了？」我叉著雙手，故意斜著眼看他。

鍾佳宸表情複雜，那張潔白的小圓臉漲成了豬肝色，他不服氣地說：「你本來就是個土包子！看看你的衣服，再說了，你這裡有公園嗎？有摩天輪嗎？有兒童樂園嗎？有圖書館嗎？」

我氣急了，衝上去指著他說：「有什麼了不起？我有我的大樟樹、五指山、翡翠灣，我有我的小花台……」

表哥沒有再說話，他看著眼前的景象陷入了沉思。

也許，他想到了前一次在翡翠灣的場景，也許，他真的喜歡上了我們山嶺。他默默地走過去，站在小花台上。

他站在小花台上的樣子，簡直帥呆了。他面對菜園，不由自主地吟誦起古詩：

種豆南山下，草盛豆苗稀。
晨興理荒穢，帶月荷鋤歸。
道狹草木長，夕露沾我衣。
衣沾不足惜，但使願無違。

我有點莫名其妙：「什麼南山夕露的，你直接說說，我們家的菜園，我們家的小花台美不美？」

「美！實在是太美了！要是我可以每天早晚站在這個台子上，看著滿園蔬菜瓜果，那是多麼美妙的事！」

表哥深情地說。這一次，他沒有跟我爭論短長，而是走進園子裡，摸摸這棵，看看那棵，非常陶醉的樣子。

晚上，福奶奶用菜園裡的韭菜，加上香菇、白蘿蔔切絲，包了美味的餃子，慰勞從城裡來的饞嘴表哥。

李奶奶跟表哥講了一個故事——《為什麼這裡四季都是春天》。講完後李奶奶說：「有一個地方，也有風霜雨雪，也有花開花落，可是，住在這裡的孩子總是像

菜園裡的小花台

生活在春天，你能說說為什麼嗎？」

「這裡一年四季都有鮮花盛開！」我說。

「這裡有一個長滿鮮花的小花台！」鍾佳宸說。

「這裡很溫暖……不對不對，也有風霜雨雪呢！」我搔搔後腦勺。

「是啊，怎麼一年四季都是春天呢？奇了怪了！」

鍾佳宸也一頭霧水。福奶奶看著我們微微地笑著。李奶奶一下點頭，一下又搖頭。

李奶奶故意賣了一下關子，接著說：「因為呀，這裡的人們很有愛心，家家戶戶都種滿了鮮花，朵朵花朝著大路開放。鍾奶奶眼睛看不見了，她家的路燈是最亮的；吳奶奶家的菜地旁邊就是泉眼，她砌好了一段一百多公尺的水渠，讓泉水流進家家戶戶；徐大伯的家在三岔路口，他在路旁放了一隻大木桶，每天都會煮好一桶茶水，供給南來北往的路人……」

「我明白了，李奶奶說的春天，是心裡的感覺，讓人感到舒心、感到溫暖，無論嚴寒酷暑，這裡都給人春天般的感覺！」我搶著說。

「哦，我也明白了！春天不光在眼睛裡，還在我們的心裡呀！」鍾佳宸若有所思地說。

李奶奶和福奶奶對視了一下，舒心地笑了。

山嶺沸騰了

▶山嶺漸漸熱鬧起來

山嶺的冬天特別短，而且也不是特別冷，偶爾會有薄霜。我的小花台，冬天也始終開著小花。我們山嶺的五指山，冬天也都鬱鬱蔥蔥。冬天的樂趣可不少，摘橄欖算一樣，採野果算一樣，最有趣的是我們來到空曠的田野裡燒火堆。

天氣晴好的日子，我們三三兩兩來到田野裡，先挖一個大坑，找來枯枝、稻草，燃起一堆篝火。大家從口袋裡掏出地瓜、芋頭、土豆、玉米，丟進火堆裡，然後開始遊戲，在離火堆五六公尺遠近的地方立一根木棍，剪刀石頭布決定順序，按照順序往木棍上投擲泥團。我們實行淘汰賽，看看誰能夠把木棍打翻。不能把木棍打翻的就算被淘汰了，第一個被淘汰的負責看火，第二個被淘汰的負責撿樹枝。第一輪下來，只有一人投准算他勝出，第一粒烤好的地瓜等物就歸他先享用。如果投准的人數有兩人或者兩人以上，就晉級進入下一輪，把木棍插得更遠，按照上一輪的規則，最終只有一人勝出。

如此反覆，有人就可以吃得高興，有人就可憐巴巴地只能做義工，弄得滿頭滿臉黑嗎嗎，卻只有咽口水的份。當然，最後誰都不會獨食，算是會「分享勝利的果實」。

還有一種玩法——烤黃豆。最冷的天氣，孩子們每人提一個火籠，大家就會把盒子乾淨了裝了黃豆，放進火籠裡，埋在火炭堆。聽到「啪啪啪」的聲音了，大家就把盒子取出來，打開蓋子，立即香氣四溢，一粒粒黃豆咧開嘴笑開了花。

這時候，一個個孩子探著頭，等著黃豆的主人派發黃豆，有人就會流下口水，引發一陣哄笑。

天氣越來越冷，年關越來越近。這時候，爸爸媽媽就會打電話過來，問我長多高了，腳穿什麼尺碼的鞋子，想不想要什麼禮物等。我把李奶奶半年來在我們家的情況說了，他們也很高興。

這段時間，我會每天到翡翠灣放網收網，福奶奶就會把小魚烤乾，裝在密封的罎子裡，作為過年來客的下酒菜存起來。

米酒濾好、囤好，大公雞每天被福奶奶餵得飽飽的。李奶奶把蔬菜種得綠油油的，滿園子的蔬菜在風中搖曳。

年底快到了，臘月二十三，送灶王的日子。福奶奶請人殺了一頭年豬，磨豆腐、炸年糕、炸地瓜、炸芋糕……黃豆、花生也各炸好一罐，就等著爸爸媽媽回家過年了。

這時候，出外工作的男人、女人陸陸續續回來了，大家都穿著新衣，花花綠綠的。開車的、騎摩托車的，漸漸熱鬧起來。

女人們都做了新髮型，拉直的、燙卷髮的、把頭髮染得黃黃的也有。一位老奶奶摸著孫女頭上黃黃的頭髮，心疼得不得了：「孩子，有錢沒錢，飯總要吃飽了，看看你，連頭髮都黃黃的，沒有一點營養！」逗得大家哈哈大笑。

臘月二十五吃晚飯的時候，爸爸媽媽回來了。爸爸是開著一輛二手小廂型車回來，我一聽門口停車的聲音，丟下飯碗跑出去。他們大包小包傳給我，我一件一件搬回家，大廳裡竟然堆成了一座小山似的。

他們進屋，福奶奶下廚房炒菜去了，李奶奶笑呵呵地出來，媽媽過去抱著李奶奶：「壽秀嬸，我們早就想把您接過來啦！家有一老，勝過一寶，我們家現在有二老，不得了啊！」

媽媽拿出一件大棉襖給李奶奶穿上，遠看近看，還挺合身的。李奶奶樂呵呵的，臉上寫滿了幸福。

山嶺漸漸熱鬧起來

這時候，媽媽才有空抱了我一下。她又拿出一套運動服，給我比了比，拿出一雙運動鞋，讓我試穿了一下，都挺合適的。

爸爸過來和我比了比身高，刮一下我的鼻子：「小子，長得挺快嘛！」然後拿出一輛遙控汽車送給我，我兩眼放光，立即跑到下廳試車。爸爸教了我一些要領，就讓我自己玩了。

福奶奶的菜炒好了，又溫了一壺酒，大人們喝酒，我玩遙控汽車，屋子裡充滿了歡聲笑語。

開始有人放鞭炮、放煙火了。一柱柱彩色的煙火升上天空，唱著歌綻放。絲竹聲聲，音樂繚繞。我知道，由牛大伯帶領的樂隊又要登場了。

每年臘月二十八，牛大伯就會組織十幾個人，到村部排練。曲笛、蘆管、琵琶、三弦、二胡、揚琴、古箏等，所有樂器一字排開。演奏這些樂器的，大多是上了年紀的大伯叔公，最年輕的也五十歲出頭了，他們穿著唐裝漢服，排練起來有模有樣。這時候，如果有孩子搗亂，那一定會被喝斥，讓搗亂的孩子乖乖地退下。

我們樂隊有一個響亮的名字：冠軍樂隊。那是前幾年正月十五鄉政府舉辦音樂大會的時候，他們透過實力拼來的。牛大伯帶領的樂隊一連好幾年都得冠軍，

山嶺沸騰了

遠近聞名。

為了寫作文，我還特地問過牛大伯，了解樂隊的光榮歷史。他說，山嶺樂隊從前就 很出名，每一曲都是經典。近年來，還加入了許多各地名曲，變得更加豐富多彩了。

牛大伯每年都嚷嚷著要「招兵買馬」，要把絕技傳承下去，可是每年出來，又都是老面孔。

「牛大伯，你的『兵』招到哪裡去了？」有人問。

「別提了，這麼好的技藝，竟然沒人願意學！」

牛大伯歎著氣，攤著雙手，一臉的無奈。

其實，我們孩子只是好熱鬧，跟在樂隊後面，看他們吹拉彈唱，真要說有多麼喜歡，那還真說不上。

我們更喜歡的是龍燈，山嶺的龍燈很特別。首先，每家每戶都有一節「龍」，這是用特製的刻刀墊著木盤，在色紙上鑿刻出 的「剪紙」，糊在用竹篾紮製的龍骨上。到了日子，全村出動，牛大伯就會組織村裡的年輕人，有條不紊地將各家的龍燈接駁在一起，成為完整的龍燈。接駁的過程稱為「駁燈」，寓意獨特，意思是全村人相互團結、凝聚成龍。據傳，山嶺的龍燈是由客家剪紙藝術與傳統的元宵花燈藝術相融合，並加以創新組合，獨具特色。它融合了龍圖騰文化、剪紙文化、花燈文化、客家文化等多種文化。

若是在晚上，我們喜歡登高望遠，一條長達數百公尺的大龍，每節都點上長明燈，遊走在山嶺的大街小巷，蔚為壯觀。家家戶戶又都會燃放煙火爆竹迎接大龍到來，整個山嶺上空色彩斑斕，熱鬧非凡。

正月初一的上午，大龍拜壽。百十號人擎著一節一節龍燈從祖祠出發，先到將軍故居，再到大樟樹下，隨後按照年紀，先到百歲老人家裡拜壽，再到九十歲以上、八十歲以上老人家裡拜壽。鞭炮聲聲，祝福聲聲，家家戶戶準備紅包，隨著龍燈，向老壽星送去祝福。

當然，這一天孩子們也是最快樂的。

▶大年初一，孩子們的世界

算起來，從一年級開始，我已經第三當孩子王了。鄰居嬸嬸都說我懂事，把他們的孩子託付我給帶上，一來這些孩子都會聽我的話，二來我愛說吉利話，到哪一家都會多給我們一點，誰家不愛討個吉利呢？

吃過早飯，我們的時間是很自由的。如果人手多，就會走進鼓樂隊，或者幫忙放鞭炮，幫助家裡缺人手的家庭。

福奶奶和李奶奶一大早起來，穿新衣，在綰好的髮髻上抹上茶油，油光可鑿。然後，她們準備好去寺廟裡進香的供品、香燭。吃過早飯，一夥老奶奶提著香籃，向著水口山頭的祖師廟，進香祈福去了。

所以呀，我們誰都不跟。

我們像放飛的小鳥，放風箏、放鞭炮，偶爾也會跟著樂隊跑一段。

我帶上牛丁、牛汀州，划著我心愛的紅月牙，在翡翠灣放鞭炮，向水面發射，一陣水花四濺，就會有好幾條小魚翻著白肚浮出水面，我們用漁網把小魚打撈上來。也許是大過年的，把正在水中自由玩耍的魚炸上來是一種罪責，所以大人們常常阻止我們玩這樣的遊戲。這時候，我們就轉而打撈水面漂浮著的白色垃圾。我們還嘗試著在紅月牙上放風箏，終究因為水面的風向不定而放棄。

我們在靜靜的水面上滑行，紅月牙在大樟樹和高腳屋的倒影中間穿梭，如夢如幻。

村落和五指山彌漫在煙火、鞭炮的煙塵之中，無論 是地上還是天空，都 像是有春天的花朵在盡情綻放。

這一天，山嶺沸騰了。

▶泥田裡的狂歡

李奶奶的病情好轉，她的生活漸漸轉入正常。往年不怎麼往來的遠親近鄰，也都開始進行必須有的禮尚往來。

李奶奶已經完全融入了我們的家庭，她的迎來送往也 都會跟福奶奶商量。福奶奶也事事幫助她考慮周全，有時候也會使喚我陪同李奶奶走親訪友。

正月初二，牛大伯還親自帶領樂隊到我們家，向李奶奶拜年，包上紅包。節日的濃厚氣氛一直延續到元宵佳節。元宵節，我們村要舉辦一場「抬菩薩」的民俗活動，

這是一次泥田裡的狂歡。這天的山嶺把過年的氣氛推向了高潮，所有年輕人都還留在家中，各家各戶的親戚、慕名而來的遊客向山嶺蜂擁而來。

吃過早飯，家家戶戶都在自己家門前擺好香案，點上嬰兒手臂般粗細的香燭，

山嶺沸騰了

然後擺上早就準備好的三牲、水果、糕點等供品，把香案擺放得滿滿的，鞭炮升起，等著關公神像的到來。

巳時三刻，關帝廟內的關公像就被隆重請了出來，村莊內早已選出兩個身強力壯的男子抬著關公神像，沿 著一定的路線走家串戶，然後再抬到早已經準備 好的水田裡。田埂上、樹上、屋頂上早就站滿了看熱鬧的人，他們大聲吆喝，泥田裡的狂歡馬上就要開始了。

一整年，全村的青壯年男子幾乎全部外出工作。也許是人們對家鄉的熱愛需要表達，也許是壓抑了太 久的情緒需要宣洩，也許是客家人喜歡節日的熱鬧，也許這只是世世代代流傳下來的一個傳統，也許是為 了報答大自然的恩惠、表達對關老爺的敬仰之情……

音樂響起，彩旗獵獵，田頭架著一個大鼓，兩個大漢輕輕巧巧擂起大鼓，全村身強體壯的男子都會相邀下田，他們四人一組，扛著關公神像在水田裡奔跑。鼓聲越來越急促，他們奔跑的速度也越來越快，直至有人摔倒後才快速換上另外的人重新奔跑……

隨著鼓點由快到慢，參加活動的村民放下神像， 捧起水田的泥漿相互追打嬉戲，看得周邊觀眾哄堂大笑。不過這還不算結束，等大家鬧夠了，鼓點像疾風驟雨般響起來，活動高潮才真正來臨了。這時候抬關公像的人都不再分組，大家一起抬著跑圈，加進來的人也越來越多，場面越來越火爆。每個人都一身泥漿，臉上露出了興奮而疲憊的笑容。

活動結束之後，有人把關公神像抬到翡翠灣洗乾淨，再安放在大樟樹下供人朝拜。大家重新擺好香案，重新點上香燭，祈求新的一年裡五穀豐登，並以此提醒人們，一年之計在於春，工作馬上要開始了。

中午時分，家家戶戶賓客盈門。我們家的七大姑八大姨也都來了，還有爸爸的同事，媽媽的好友，圍坐在兩張大圓桌旁，大碗喝酒，大快朵頤。

當然，表哥鍾佳宸也來了。

▶表哥是個「門外漢」

是我打電話讓鍾佳宸來的。我想啊，熱鬧的泥田狂歡，都市人怎麼會看得到？我該可以炫耀一陣子了。

他跟著我，走在龍燈的後頭。樂隊和舞龍是鬧春田的前奏，節日的氣氛從八點開始營造。先是樂隊在大樟樹下用力吹吹打打，再就是往關帝廟前進，村民們手執嬰兒手臂般粗細的神香，畢恭畢敬地站在自家門前，遊客和孩子一般都會跟在龍燈後，待關帝老爺從廟裡被扛出來，我們的注意力就會轉移到關帝老爺這裡，樂隊和龍燈這時候就成了配角了。

鍾佳宸非常高興，他一下跑到最前面，一下又跟在最後，看樣子，他對音樂、扛菩薩都很有興趣。

不知從什麼時候開始，鍾佳宸扛了一面繡著「雙龍戲珠」的大黃旗，走在了長長的隊伍中間。這大黃旗去年我也扛過，因為實在堅持不住，我把它悄悄靠在了一棵樹旁邊，等我再回去看的時候，它已經被人扛走了，融入了旗幟的海洋裡。

我一路伴隨著鍾佳宸，他跟著隊伍大叫，引發了不少人注目觀看，可他不在乎這些。

「又沒人認識我！」他扮著鬼臉說。

到了泥田邊，鍾佳宸學著別人的樣子，把大黃旗插在一片荒地裡，跟著我圍在泥田的一側。

泥田四周都是村民和遊客。近處裡三層外三層的人，遠處的屋頂上、大樹上都站滿了人。

當田間高潮漸起，我們的注意力被全部拉回到了鬧春田的現場。下半場開始了，岸上的年輕人紛紛脫了衣服，一個個從不同的角落裡跳到水田裡，岸上的喊叫聲越來越大。

「我也要下去！」鍾佳宸說。

「不行，都是大人，你下去會有危險的！」我連忙阻止。

「沒事，不是有關公保佑嗎？」

鍾佳宸才不聽我的勸阻，他脫了衣服鞋子，像其他人一樣，只穿一件秋衣、一條秋褲。他把衣服向我一丟，一轉身跳下了泥田。

他在泥田裡艱難地前進，立即有個身強力壯的大哥拉著他的手一陣奔跑，沒多久，他們到了關公像的旁邊。那位大哥一把接過木杠，加入了鬧春田的行列。我看見鍾佳宸好不容易擠進去，又被人擠了出來。

一番爭搶，泥田裡的所有人停下關公像，輪番投擲泥漿、泥團，暫態，泥田上空形成了一片黃色的雨幕。

鍾佳宸在爭搶的人群中顯得十分單薄。只見他跌跌 撞撞，用雙手捂住臉，只有挨揍的份，沒有任何還手的機會。

隨著鼓點越來越小，一陣泥田狂歡終於結束了。人群開始散去。我擦了擦眼睛，看到一個嬌小的身子向岸邊跌撞著走來，身上、臉上全是黃的黑的泥團，那狼狽的樣子，哪裡像我那趾高氣揚的表哥啊！他也不知道我站在哪裡，完全認不清方向了，只是朝著一個方向走著。

我朝著他移動的方向跑過去，大叫著吸引他的注意力。他終於看到了我，向我跑過來。可是泥田裡根本跑不動，再說，這時候的鍾佳宸早已經筋疲力盡了。他跟跟蹌蹌地在泥田裡艱難地向我走來。

我伸出手把他拉上來，看著他那狼狽的樣子，忍不住哈哈大笑起來。

「你還笑，有什麼好笑的！」鍾佳宸狠狠地說。

從此，他鬧春田的事成了我們家新的話題，這個時候他最羞愧了，簡直是無地自容。

元宵節一過，我們村又恢復了往日的寧靜。才兩三天，幾乎所有的年輕夫婦又背起行囊，開著汽車、騎著摩托車、爬上公車，開始了新的生活。

山嶺留下了老人、孩子、耕牛，還有我心愛的紅月牙。

滿山開遍映山紅

▶李奶奶的春天

山嶺，美麗的客家山寨，靜靜地安臥在江河畔、翡翠灣旁。村子中間的那棵大樟樹飄飛著片片紅葉，那是信使傳遞著春的資訊。我好奇地問李奶奶：「香樟樹為什麼是春天落葉呢？」

李奶奶笑呵呵地說：「那是為了冬天不寂寞，春 天更熱鬧！」我一頭霧水。李奶奶看我傻乎乎的樣子，摸了摸我的頭，看著那棵高大的香樟樹。

「你看呀，冬天，花草樹木大多枯黃了、落光了葉子，香樟樹卻綠油油的，寂寞的冬天就不會太寂寞了！春天，百花爭豔，香樟樹也不甘落後，飄飛著紅葉追趕春天的步伐！」李奶奶若有所思地說，「其實呀，她早就換上了新裝，脫下的是她的舊衣！」我突然感到李奶奶說話真好聽，像詩歌朗誦一般。

春天來了，李奶奶回憶起來的事情越來越多。哪一座山坡，哪一條溪流，哪一丘田地，都有她滿滿的 記憶。

福奶奶陪著她，到處走走看看。她們提著草籃子，拎著草鉤子，一邊走一邊拔草，一路上說說笑笑。福奶奶有意要勾起李奶奶的回憶，李奶奶對一切既新鮮，又有朦朦朧朧的記憶。不變的是山山水水，變化的是溝渠、道路、房屋。新修的溝渠，新鋪的水泥路，新建的房子，到處都是新的氣息。

這天吃過晚飯，村主任牛大伯來到我們家。李奶奶倒水，福奶奶讓座，我也甜甜地叫牛大伯。牛大伯聲如洪鐘，他開門見山地說：「壽秀嬸，村裡面向上級政府打了報告，市民政局批下來了，計劃下個月開工，把您的房子重建一下，現在來就是徵求您的意見！」

這消息來得突然，屋子裡一下子安靜下來。牛大伯點燃了一支香煙，眼睛來回看著李奶奶和福奶奶。

李奶奶看了福奶奶一眼，福奶奶笑一下，眼睛眨了兩下，什麼也沒說。

李奶奶又看了我一眼。

「李奶奶，我不讓您搬回去住！」我嘟囔著嘴說。

「對，如果你住得舒心，就別搬回去！」福奶奶接過我的話說。

「現在不是還沒建嗎？是來徵求您的意見，對設計上、布局上有什麼要求？」

牛大伯丟了煙頭，呼一口氣說。

李奶奶思考了好一下。

「我看福妹一家是誠心留我的，這半年多來，我不但找回了記憶，身子也非常輕鬆。我呀，也不知道是哪輩子積的福分，能夠跟他們一家子過得這麼快樂！我考慮好了，不搬回去了！我們有福有壽，福壽不分家！」李奶奶聲音不大，但很堅決。

我樂得跳了起來。

「既然政府有專案，房子還是要建。不然您再好好考慮考慮？」牛大伯也降低了聲調。

「要建，當然要建！」李奶奶快人快語，「我看就建成老年之家，不光我要回去活動，我們全村的老人家都要回去活動！頤養天年對吧！」

福奶奶也贊成：「先建起來，布置一間閱覽室，一間棋牌室。」

牛大伯一拍大腿說：「對，還可以布置一間健身房。那我就請設計師按照這樣的格局設計，圖紙出來了再請兩位嬸嬸看！」

李奶奶搖一搖手說：「不用看了，你牛大伯做事，我們放心！」

牛大伯走過來拍拍我的肩膀：「二山，又長高了！努力學習啊，別讓兩位奶奶操心！」

我死命點頭，兩位奶奶都笑了。

牛大伯邁出門檻，又回過頭來：「明天上午，衛生所的醫生下來幫六十歲以上的老人免費體檢，八點過來，別吃早飯！」

「在哪裡呀？」福奶奶問。

「就在村里，轉告一下！」

牛大伯的聲音轉過街角飄了回來。我把兩個奶奶拉在一起，緊緊地抱住了她們。

小學歷史悠久，我以前聽爺爺說過，從前，山嶺就有一所小學，在碼頭邊的倉庫那裡，臨近幾個村子的孩子都到我們這上學。

在我爸爸讀小學的時候，山嶺小學有四百多個學生，每個年級兩個班，老師有十七八個，進修班還有四個班，整個校園可熱鬧了。

現在的山嶺小學，校舍漂亮了，聽說還要鋪上跑道呢。但是明顯的是學校人數不足。就拿我們三年級來說，全班一共六個學生，四個男生，兩個女生，早讀的時候，老師先讀，我們再跟讀，但我們的聲音越來越小，老師不得不停下來，讓我們振作一點。有時候我們自己都聽不過去，掩嘴笑了起來。

一、二年級好一些，有十幾個學 生，三年級以上的學生都是個位數，全校總共就六十多個學生，七個老師。老師們的年紀也大了，我們的班主任鍾老師 五十歲了，當年還是我爸爸的老師。聽爸爸說，鍾老師是運動健將，打籃球還能灌籃呢。可是他上課的時候，一點也看不出激情飛揚的樣子，他灌籃我們更沒有見過。最可笑的是，上電腦課的時候，他經常問我們一些電腦的操作方法。這個我們不敢說出去，畢竟鍾老師上年紀了，有些事情我們自己 知道就好。

牛丁、牛勝利、牛汀州和我，同在三年級。我們班還有兩個女生，一個是牛春花，另一個是牛紫萱。

牛春花愛打小報告，我們上樹找鳥窩、下河游泳，她都要報告老師。一次鍾老師到我家家訪，就提出來我老愛私自下河划船的事情，後來聽我福奶奶說我是游泳高手，才千叮嚀萬囑咐，要我奶奶保證我的安全。就因為這些事，我一點都不喜歡牛春花，其他男生也不待見她。

牛紫萱長得漂亮，還很文靜，讀書細聲，說話常臉紅。關鍵是，她經常幫助我值日，打掃教室衛生。所以我私下裡會送些禮物給她，她每次都會怯怯收下，偷偷看我一眼，滿臉紅暈；私下裡，我們稱牛紫萱為校花。

忘記說了，我是三年級的年級長，牛勝利是班級委員，牛紫萱是學習委員。我們三個學習上差不多，都是讓老師放心的那種。以前每次老師點名讓牛丁朗讀，牛春花就會舉手報告：「報告老師，牛丁他口吃，不會朗讀。」後來她被老師批評過一次，不敢當面舉手了，私底下還是看不起牛丁。

可自從我們家有了小花台，牛丁口吃的毛病好了，老師感到吃驚，其他同學也感到奇怪，只有我和牛丁知道這個祕密。

婦女節前夕，鍾老師召集我們三個班幹部開會，就如何慶祝婦女節徵求意見。牛勝利說幫奶奶做家務，牛紫萱說送手工作品給奶奶。

鍾老師問我。我思考了一下，胸有成竹地說：「老師，我覺得可以辦一個活動，全班一起辦，或者全校一起辦，把奶奶、媽媽請到學校來，孩子們用自己的方式盡孝心。一來人多有氣氛；二來對一些平時不聽話不孝順的孩子，也是一種教育。」

同學們連忙說好，鍾老師也微笑著點了點頭。

「我跟楊校長建議，全校一起辦。就在婦女節這天上午，活動細節我們幾個老師商量一下。」鍾老師愉快地採納了我的建議，楊校長也採納了我的建議。

提前一天，課間操全校集中開會，楊校長安排第二天全校親子活動的有關事宜：邀請家裡的奶奶、媽媽九點鐘到學校來參加親子活動。第一階段，校長做尊老愛老的報告，邀請村主任牛大伯講話，請家長代表講話；第二階段，幫奶奶或者媽媽捶背；第三階段，把家長帶到班裡，每個同學上台講講心裡話，或者講講尊老愛老的故事也行。鍾老師把布置班級的任務交給了我和牛紫萱。我們帶來了色紙、剪刀、膠水、氣球，先把課桌椅面對面排成兩排，中間空出來，然後剪窗花，貼在窗玻璃上，再剪出長長的彩帶，用線球在教室裡拉出造型，纏上彩帶，繫上大小不一顏色各異的氣球。最後布置前、後黑板，剪出卡通圖案貼在黑板四周，在黑板中間寫上藝術字「慶祝婦女節」，畫上煙火、鮮花、氣球等圖案。

看著我們自己的勞動成果，我和牛紫萱相視一笑，心裡甜滋滋的。牛紫萱的臉蛋紅撲撲的，笑起來露出兩個淺淺的酒窩，很迷人。我偷偷看著她，心裡怦怦直跳，想衝上去抱她一下。可是我不敢，也許她看出了我的心情，臉蛋更紅了。

回家的時候，我們特地到整棟教學樓繞了一圈，看看其他班級布置的情況。

當然，我們還是對自己班級的布置最滿意。

這個晚上，我做了個甜甜的夢，夢見我和牛紫萱站在山花浪漫的山崗上，唱歌跳舞，天空中飄下彩色的絲帶，飄飄灑灑……

婦女節到了。

一大早，我把自己精心製作的兩個手工作品——兩隻粉紅色的千紙鶴，一隻送給福奶奶，另一隻送給 李奶奶，祝她們節日快樂。

參加親子活動是前一天晚上就已經說好的，兩個奶奶都會參加。

因為教室布置得很美觀，老師和同學都不住地稱讚我們。我和牛紫萱有點難為情，心裡卻美滋滋的。想起昨晚做的夢，我悄悄地看了牛紫萱一眼。她還是那麼靦腆那麼漂亮。

學校的會場布置由老師和六年級的同學負責。他們在教學樓前掛了一條橫幅：熱烈慶祝婦女節親子活動。按照不同年級劃分了活動區域，各班按照學生數擺放好了靠背椅子。因為我有兩個奶奶，所以我們班的椅子是七張，比學生數多一張。

學校的廣播循環播放《魯冰花》等歌曲，節日的彩旗沿著校門插了兩排，像是站崗的衛兵，迎接媽媽、奶奶們的到來。

八點半以後，家長們陸陸續續地來了。我遠遠看見兩位奶奶穿著新衣裳往學校走來，高興地向她們迎過去。校長和老師站在校門口迎接，我們向老師敬禮，老師跟家長們握手。我注意到全校只有兩個年輕的媽媽，其餘都是老奶奶。

不到九點，各班的家長到得差不多了。活動準時開始，校長做報告，村主任牛大伯講話，

六年級的家長代表講話。接下來就是親子活動了。

其實我跟福奶奶早 就商量好了，先幫李奶奶捶背，再幫福奶奶捶背。一切按部就班，不會手忙腳亂。看我來來回回認真地幫兩位奶奶 捶背，主席和我們身邊的老師不住地點頭微笑。

閉幕式上，透過班主任評選，我們三年級我和牛紫萱當選為傑出代表。老師表揚說：「牛一山同學，他有兩個奶奶，但是他從從容容，態度認真細緻，看得出他的一舉一動都是發自內心，他的兩個 奶奶對他也十分滿意，說他在家裡也是奶奶的好幫手；牛紫萱同學，她的奶奶腿部有殘疾，她在家裡幫助奶 奶做腿部按摩已經兩年了，她從來沒有半句怨言，做 得越來越好。他們都是我們學習的榜樣，他們是真正的傑出學生……」

回到班級，鍾老師總結了我和牛紫萱的表現，家長和同學熱烈鼓掌。每個同學講心裡話時，大家都沒有扭怩作態，實話實說。

一場親子活動，像一場遊戲，更是留給我們的尊敬長輩的優良美德。

▶春耕忙

在滿山開遍映山紅的日子，山嶺卻迎來了罕見的春旱。

福奶奶說山嶺的春天從來都是春雨連綿，像這樣冬天連著春天一百多天不下雨從未有過。山嶺在河邊，從來體會不出 缺水的滋味。如今，很多良田卻因為缺水咧開了嘴。

我們家的小花台，由於離水井不遠，就像我們的菜園一樣，總是鬱鬱蔥蔥。可是，最近福奶奶每天早出晚歸，我們都感覺到了春旱帶來的心理壓力。

這天上學，我發現牛汀州悶悶不樂，一個人躲在角落裡，於是走過去安慰他。

「汀州，怎麼了？遇到什麼事了？」我摟著他的肩膀問。

牛汀州看見我，一下抱住了我，趴在我的肩膀上哭出了聲。我拍著他的脊背，輕聲安慰他：「沒事，再大的困難都可以過去的！」

「可是，奶奶說，再沒水插秧，我們全家就要討飯了！」牛汀州停止哭泣，向我傾訴。

我聽出了問題的嚴重。聽說牛汀州的爺爺早年出去挖礦，一去就沒有再回來，他爸爸在城裡工作，他媽媽是身心障礙人士，沒辦法做粗活，只是接了一些手工拿回出租屋做，收入微薄。要命的是他爸爸上個月出了車禍，撞他的摩托車逃逸了，到現在還沒有找到肇事者；如今，他爸爸只能躺在那間狹小的出租屋內，他媽媽除了照顧他爸爸，每天還加班，只為了全家能夠糊口。這一切，都是牛汀州悄悄告訴我的。

放學後，我直接去了牛大伯牛大伯家裡。他正在研究一台生鏽的抽水機。聽了我氣喘吁吁訴說，牛大伯停下手中的工作，坐在樹墩上猛吸了幾口香煙。牛大伯把煙屁股用力一丟，走過去狠狠地踩在腳下。帆布鞋踩在煙屁股上面，沿著順時針方向扭著，一圈，兩圈……

「一山，你是個好孩子！先回家去吧，我來想辦法！」牛大伯拍了一下我的肩膀，回屋裡拿了一件外套，沿著廢墟走了。

我沒有回家，直接去了牛汀州家裡。牛汀州的家在五松崗腳下，一條小小的石階路直接通到門口。進門，牛汀州在廚房裡做飯，他家劉奶奶卻坐在門檻上抹眼淚。

「老天爺啊，我們家做了什麼呀？屋漏偏逢連夜雨，為什麼連雨水也不可憐可憐我……」劉奶奶對著蒼天哭訴。

「劉奶奶，您說說出什麼事了？」我過去，蹲在劉奶奶身旁輕聲問她。

「二山啊，我今天忙了一整天，從水源頭到我們田裡，來來回回走了超過三十趟，可是沿著溝渠一路滲水，一整天我家地裡滴水未到！」劉奶奶哭訴著，「再不插秧，我們家的秧苗就要死光了……」

我插不上話，只能聽劉奶奶把話講完。

「劉奶奶，別擔心，我剛才去找了牛大伯，他答應幫您想辦法了！」我安慰道。

「牛大伯？他倒是個好人！可是，他能鬥得過天嗎？」劉奶奶說話沒有一點底氣。

看著天色漸漸暗下來，我告別了劉奶奶和牛汀州，先回家去了。

我跟福奶奶、李奶奶說了劉奶奶家的遭遇，她們一時間也沉默了。我們家的地離水源近，早起總算把秧苗都插下去了，能不能長起來，就看未來半個月能不能下雨。像劉奶奶家的地，大都在山岡腳下，離水源遠，有勞力的還能勉強澆水，劉奶奶一個老人，心有餘而力不足！

九點多鐘，牛大伯打著手電筒來到我們家。我們連忙讓座。牛大伯風塵僕僕，也不落座。

「這樣，兩位嬸，傍晚一山跟我說劉嬸家的地沒辦法耕種，我連夜做了調查，到現在還有七戶人家的地沒灌溉，天氣預報還是沒雨。剛才我跟學校的楊校長商量好，星期六全村老少都來幫忙，學校老師也會過來幫忙，到時候全部水源集中一家，請大家多多幫忙！」牛大伯一口氣說完，出去了。

週五，牛大伯拿出村裡的幾台抽水機，全村水源都往劉奶奶家的地裡引。週六一大早，翻地、灌溉，下午插秧，就連荒地也都種上了木薯、地瓜。

晚上，各家帶一點大米、菜乾、臘肉、煙燻豆腐、米酒，都集中到劉奶奶家的院子裡，自己動手炒菜做飯，圍著桌子吃飯喝酒，劉奶奶的臉笑得比太陽還要燦爛。牛大伯召開現場會，他揮動著手臂大聲說：「集中火力加油，沒有解決不了的問題。」

山嶺全民齊動手，場面十分壯觀。我和牛汀州也特別賣力，真想把山嶺的地全

春耕忙

都披上綠衣。

翡翠灣在哭泣 大家一連突擊了一週，山嶺所有的地都耕種完成。可是老天還是十分吝嗇，竟然沒有半點要下雨的意思。鄉里和市里的抗旱隊也來了，他們帶來了兩台大功率抽水機。看到山嶺的合作成就，他們紛紛豎起了大拇指，說要在全市推廣。

週六一大早，我划著心愛的紅月牙，滑行在翡翠灣的水面上。沿著高腳屋，我看到了觸目驚心的一幕：水面上漂著暗黑色的油，不少魚翻著白肚漂在水面 上，甚至還有死雞死鴨堆積在轉角邊，隨著風飄來陣陣惡臭。

山嶺人見人愛的翡翠灣，竟然成了黑色的臭水塘。

我把紅月牙划到江主河道，到處裸露出沙石，沙灘上覆蓋著一層黑色的淤泥。在我的記憶裡，這片沙灘是最乾淨的，金黃的沙粒閃閃發光，我們把腳丫子埋在沙子下面，光滑細膩的沙子，搔得腳底發癢……

可如今，我們都不敢上岸了，那片黑色的沙灘，似乎閃爍著鬼魅一樣的光芒……

我收起船槳，跌坐在小船的橫梁上，心情一下子 跌入低谷。

任由船兒漂蕩，放眼望去，這哪是春天啊？河面上沒有一絲生機，田野裡也沒有一絲生機，就連五指山上好像也暮氣沉沉。我鼻子一酸，忍不住流下淚來。淚水在微風吹拂下四下橫流，我沒有要擦拭一下的意思。流吧流吧，如果我的翡翠灣，如果河江不再美麗，就算淚水流乾了也不能表達我內心的悲傷！

我仰面躺在船艙裡，天上流雲飛過，竟然沒有要停下來的意思。雲啊雲，請你停下匆忙的腳步吧，請你帶來狂風暴雨，把山嶺河道裡的污濁沖刷乾淨吧……

這不是我原來的翡翠灣，這不是我心中家鄉的樣子，絕對不是！

我坐起身來，擦乾眼淚，對著山嶺的方向大吼一聲，我不能這樣乾等著，我要呼籲！

我匆忙把紅月牙划到碼頭邊停好，飛跑著來到牛大伯家裡。牛大伯還在研究抽水機。他聽到腳步聲轉過身來：「喲，一山，看你急急忙忙的樣子，有事嗎？」

我沒有回答，拉著他的手就走。牛大伯看我臉色陰沉，放下手中的工作，跟著我來到碼頭邊。

我拉著他坐上我的小船，來到高腳屋前，來到江河邊，一大片觸目驚心的場景映入眼簾。

「牛大伯，一定是上游出現問題了，您能不能向 上級反映一下，不然我們山嶺就完了！」我氣喘吁吁地說。

牛大伯沉默了，我看見他的眼眶紅了。

「問題出在上游，也出在旱災。沒有活水的河流遲早會出問題！」牛大伯陰沉著臉，看得出來，他的心情和我一樣沉重。

我們折返，坐在大樟樹底下。牛大伯點燃一根香煙，眼睛朝翡翠灣的方向望去，陷入了沉思。

來來往往的老人顯然也知道翡翠灣的水質出問題了，都在跟牛大伯反映。

「村長啊，翡翠灣死了，山嶺也活不下去的！」

「山嶺不能沒有翡翠灣啊！」

「兄弟，必須想想辦法，翡翠灣是我們的驕傲啊！」

牛大伯拉著幾個年輕一點的村幹事，拍照片、拍影片、寫材料，整個週末都在忙碌。

週一一大早，牛大伯帶著官員進城了。帶著挽救翡翠灣、挽救山嶺的使命進城了。村民們議論紛紛——翡翠灣的水質出這麼大的問題，到底為什麼呢？

必須要有人承擔這個責任！誰來承擔這個責任？為有源頭活水來，活水在哪裡？

春雨貴如油 牛大伯當天傍晚就回來了。

「環保署馬上就要來了！」牛大伯說，各家小店又議論開了。總之，大家議論的都是好事，翡翠灣有人理了，山嶺就還有希望。

學校專門舉辦了一期比賽，主題是：我們只有一個地球。

同學們用彩色筆描繪得五彩繽紛，我卻用大號鉛筆，畫了滿滿一張黑白畫。高高的工廠煙囪冒著黑煙，黑色的水面，黑色的群山，連漂浮的小魚都是黑色的，全世界都是被污染的黑色。

老師要我談一談為什麼要把一切畫成黑色。我哽咽著說：「我們的翡翠灣哭泣了，我的心也在流淚！」

老師和同學都默不作聲。

環保署很快就來了，拍照、拍影片、抽樣，走家入戶採訪，召開代表大會，到學校裡舉辦講座。講座是一些環保小知識，比如提高認識、從我做起等。講座還舉了很多生動的例子，告訴我們地球只有一個，環境保護非常重要！

講座結束以後，官員還參觀了報展。他們對孩子們獨特的視角很讚賞，尤其對我的黑白畫做了點評：有調查、有深度。

官員走了沒幾天，大樟樹旁邊的公告欄裡貼出了一張大大的公告，還蓋了市人民政府的印章。

公告內容有三個部分：第一部分，近來由於沒有有效降雨，導致江上游水源減少，水體出現優養化，水草瘋長，部分水域成赤色、黑色凝膠狀，水質污染嚴重；第二部分，經過地毯式排查，查處某稀土加工企業、某紡織企業、某金屬加工企業等共七家企業，存在不同程度非法排汙現象（其中，某稀土深加工企業存在污水洩漏現象，沒有及時上報）。環保署已經開出停業整頓和限期整改通知；第三部分，責令上游五個中型水庫輪流向下游開閘放水，減緩水質優養化。最後，歡迎廣大群眾監督檢舉，還公布了檢舉電話。

村民們但凡識字的，都來到公告欄前，詳細讀完公告內容，又有了議論——

我就說，冤有頭債有主，出這麼大的問題，肯定是有原因的。

為有源頭活水來，早就該開閘放水了！環保政策好，為民請命有實效……

每天，我還是早早地划著心愛的紅月牙來到翡翠灣。我可不敢放網捕魚了，我

滿山開遍映山紅

最關心的是水質問題。果然，上游來的水清澈了許多，翡翠灣的水也變清了；但是，那些令人作嘔的污染物依然堆積在那裡。

牛大伯行動了，他組織了環保隊，既觀察水質的變化，又開始清理河道。由兩條柴油動力的木船作為垃圾打撈船，環保隊員三人一組，每天打撈三次。

牛大伯還讓我當村裡的義務環保督察，哪裡有問題，哪裡清理得不夠徹底，及時回饋到環保小組。

儘管水質還沒達到清澈見底的程度，但是翡翠灣的惡臭味漸漸消除了，漂浮在水面上的死魚也不再出現。翡翠灣漸漸恢復了往日的生機。

一天早上，打開窗戶，一陣涼風夾著細雨迎面撲來，下雨了。淅淅瀝瀝的雨密密交織在一起，遠處的山莊、田園，朦朦朧朧看不清。

我欣喜若狂，穿好衣服衝出房門。

「下雨了，終於下雨了——」

福奶奶在廚房裡做飯，李奶奶穿著雨衣，準備去菜地裡看看。

「太好了，老天有眼，終於下雨了！」李奶奶扛著一把鋤頭，出了家門。

我奔跑在濕漉漉的鵝卵石地板上，地板閃著白光。

春耕忙

「下雨了，終於下雨了——」我的喊叫聲迴響。

隨後，牛汀州、牛丁、牛勝利也沖出來，跟著我一起奔相走告。

現在終於下雨了，莊稼有水喝了；終於下雨了，翡翠灣和江河道的污濁將被沖刷得無影無蹤。

終於下雨了！

滿山開遍映山紅

採茶少年撲蝶忙

▶櫻花茶園

五指山中間的一指叫五松崗，因為山頭長著五棵挺拔的松樹而得名。

五松崗上，原來有個農場，叫茶果場，也叫牛剛茶園。茶果場占地五百多畝，早年種植桃樹、梨樹、板栗，大部分田地種植茶葉。後來農場解散了，茶山果山就分給了家家戶戶。

前幾年，茶果場漸漸無人打理，果樹枯老了，被砍回家做了柴火。茶葉品種不行，產出與勞動不成比例，漸漸地雜草叢生，成了荒山。

牛大伯看得心疼，成立了「山嶺茶葉合作社」，大家各入一點股份。牛大伯購買了經過改良的茶苗，請留守的婦女們重新開墾，一大片綠油油的茶樹又回到了五松崗。

今年的大旱，茶樹很多都無法發芽。淅淅瀝瀝的春雨，讓茶樹喝足了水，茶園漸漸恢復了生機。牛大伯帶領婦女們冒著雨鋤草施肥，請來種茶專家指導茶樹的修剪，一片片嫩芽從樹的末端生長出來。

合作社有幾間店面，我們的茶葉成了遠近聞名的山嶺特產。

櫻花茶園

去年春天，我姑丈開車載著福奶奶和我去看櫻花茶園，我們拍了許多照片。茶園中間和四周種滿了櫻花，無論從哪個角度看都非常美，吸引了大量遊客前往賞花踏春。回來我把照片沖洗出來，送了一張給牛大伯。

「照片有什麼好送的呀？」福奶奶說我。

「我要讓牛大伯知道，茶園也可以這麼美！」我說。

牛大伯戴上老花鏡，仔細端詳著照片，嘖嘖稱讚。

「美，實在是美！」牛大伯說，「這是哪裡呀？」

「漳平永福，來看櫻花的車排了好幾里呢！」

我看牛大伯興致勃勃，連忙回答。牛大伯帶領村幹事和幾個代表，租了一輛中巴，直接去了櫻花茶園。

「好的經驗一定要帶回來！」牛大伯說。

可是，當他聽說對方投資了幾千萬元，而且櫻花栽培講究技術，還要考慮海拔緯度等，幹勁一下子洩了下來。

「牛大伯，別洩氣，也不是一點辦法都沒有！」我怕牛大伯放棄，連忙幫他重整心態。

牛大伯瞪著眼看我：「一山，你這小孩，還有什 麼辦法？」

我靈光一閃：山上不是有一種只開花不結果的樹嗎？開的花跟櫻花一模一樣。這種樹叫桉桃樹，因為只開花不結果，而且樹木砍下來，拿回家做柴火，也是只冒青煙沒有明火，所以村民們以為不吉利。但它的觀賞性還是很強，近幾年，都市人拍婚紗照就要找到這樣的樹。

「好美啊，這些野生的櫻花樹如果成片成片種植，那該有多漂亮啊！」都市人感歎道。

「牛大伯，我們可以種桉桃樹啊！都市人都說很漂亮！」我跟牛大伯說。

「你這小鬼，點子還挺多嘛！」牛大伯拍了拍我的肩膀，讚許地說。

兵分兩路，牛大伯讓一名年輕的村幹事上山統計 一下有多少桉桃樹，自己折了一根樹枝到林業局，諮詢植物專家。

傍晚，牛大伯興沖沖地回來了，他直接到了我家。

「一山，一山，專家說這個樹種是我們這一帶獨有的櫻花品種，這是一個很古老的樹種，非常適合我們這裡栽種。而且它的觀賞性比一般的櫻花更好，花期長，還耐霜 凍，就算是春寒來了，也依然開放……」牛大伯興奮地說。

根據統計，這種桉桃樹在五指山周邊一共有一百多棵，扣除老弱病殘的，有八十多棵適合移植。

速戰速決，牛大伯請來工人，在專家指導下，把八十多棵桉桃樹移植到了茶果場的不同方位，名字也改回了「南國櫻花」，一棵棵編上號，掛上牌子，讓村幹事、學校老師每人認種。

一年過去了，南國櫻花幾乎全部存活，有一部分還長出花蕊，含苞待放。一個櫻花茶園就這樣初具雛形了。

我和牛大伯看著茶園裡還沒有成林的南國櫻花，內心滿是憧憬。

▶高腳屋與茶文化

翡翠灣的水質在督察隊的監視下越來越好，又回到了原來的碧波蕩漾。

我依然划著心愛的紅月牙，早晚在水面上滑行。牛丁不再口吃了，他跟我成了無話不談的好兄弟。

小花台和翡翠灣是我們的天堂，現在又加了一處——櫻花茶園。

這天傍晚，我在翡翠灣收網，無意間聽到高腳屋裡傳來絲竹聲聲。划近一看，

採茶少年撲蝶忙

我發現有好幾間不住人的高腳屋連在一起，現在成了牛大伯和一群老年人喝茶聊天、排練樂隊的地方。裡面傳來牛大伯的聲音：「我們的茶葉已經小有名氣了，一定要把關品質，千萬不能砸了招牌。」

「對對對，每一批茶葉上市之前，我們要嚴格把關，否則寧可無茶上市，也不能以次充好！」一位大叔接著說。

從這天開始我注意到，這片高腳屋經常打開窗戶，請了茶藝師為老人們講解茶葉知識，鑒別茶葉優良。

偶爾，裡面也會傳來樂器聲，叮叮咚咚好不熱鬧。一天下午，我和牛丁來到這片高腳屋的沿街店。這幾間店鋪與原來的茶葉合作社連成一片，裡面擺設齊全：大木板做成的茶台、古木椅子、茶缸茶具一應俱全。角落裡還擺放著木雕、蘭花，牆上掛著茶葉培植歷史和製作工藝、茶葉功效、茶藝要求……

從這些資料中，我和牛丁知道了一些關於茶文化的知識：茶一直以來茶都是飲用佳品和禮尚往來的禮品，它的性質溫和，營養物質含量豐富，具有多種保健功效，飲用對人體十分有益。

另外，資料中對喝茶的禮儀和我們客家人的待客之道，也做了簡單的介紹。客家人一向勤勞善良、熱情好客，有一股永不服輸的精神。在披荊斬棘的過程中，也嘗試著培植和改良農作物和經濟作物。

「看起來，我們自古就種植茶葉的！」我恍然大悟。

「現在好了，茶葉合作社做起來了，櫻花茶園也 有人打理了。明天一定更加美好！」牛丁也學得一套一套的。

「誰說不是？看看我們能夠為山嶺的發展做點什麼事情呢？」我又開始動腦筋了。

說實話，對於櫻花茶園的建設，牛大伯就是聽了我的建議才下定決心的；如今，茶葉作為重新找回來的一項古老技藝，也應該在這片土地上重新煥發光彩。

我們村的公車站是在大樟樹那一帶，來我們村串門的往往都是各家親戚，所以誰也沒有想到要設指示牌什麼的。可如今，茶要作為一種產業，櫻花茶園要作為一種旅遊資源，指示牌就成了為外地遊客指明方向必不可少的標誌了。

於是我拉著牛丁回到家裡，找來幾塊木板，學著電視上指示牌的樣子，削成箭頭形，用毛筆寫上地名， 然後來到大樟樹下，根據箭頭指示，釘在大樟樹旁的 木架子上：櫻花茶園（五松崗）、茶葉合作社、 翡翠灣……

看著有模有樣的指示牌，我和牛丁拍拍手，高興地跳了起來。

▶漂亮姐姐是專家

在市裡工作的堂叔牛俊生聽說了山嶺的變化，尤其是有關茶葉產業的發展，很高興。

他說：「一想起五松崗的茶果場，我的眼前就會出現一幅畫面——採茶少年撲蝶忙。那是我們少年時代最美的記憶。」他邀請了市農科所的專家，回到了山嶺。

那天，他們坐著汽車緩緩開進村子，停在了大樟樹下。一個穿著運動套裝的大姐姐，扶著一位白髮蒼蒼的老爺爺從車上下來。

牛大伯在大樟樹下迎接，俊生叔跟牛大伯介紹兩 位客人：「這位老先生叫楊黎明，教授級專家，享受國家特殊津貼；另外這位是王穎博士，國家高級茶藝專家。」

牛大伯連忙上前握手：「幸會幸會，歡迎楊專家、王專家！」

我和牛丁、牛汀州緊緊跟在他們身後。那位王穎博士很年輕，臉蛋白裡透紅很好看，一襲運動裝，洋溢著青春活力。她始終臉帶微笑，一路照顧著楊黎明老爺爺。

「這牌子不錯，有點古樸的味道！」俊生叔看著我和牛丁釘的牌子，豎起了大拇指。我和牛丁聽了，心裡樂開了花。

在牛大伯的帶領下，一行人首先參觀茶園。有十幾棵南國櫻花開花了，但不夠濃密，還沒有形成規模。滿山的茶葉即將進入採摘期，漫山遍野綠油油亮閃閃，很有春天的氣息。

「這個品種，很適合這裡的土壤！」楊黎明看著茶園，用力吸了一口新鮮空氣，鼻翼微微顫抖。他用手摸了摸茶葉，微笑著點了點頭。王穎博士也跟著點頭。

「大叔，前段時間應該是雨水不足，雨季來了以後，馬上施肥，對吧？」王穎博士問牛大伯。

「沒錯沒錯，我是怕誤了季節啊！」牛大伯連忙回答。

「難怪，這茶葉看起來油水足，其實製作出來厚度不夠，泡起來的茶水油水就不足嘍！」王穎摘下一片茶葉，放在鼻子下面嗅了嗅。

「那該怎麼辦？」牛大伯連忙追問。

「問問楊老！」王穎指著楊黎明，「這方面他最有發言權！」

「王穎說得對，施肥太猛，茶葉一下起來了，厚度油水都不足。第一遍茶採完了，然後下一點茶枯、花生枯等有機肥，後面問題就不大了。」

楊黎明把牛大伯拉到身邊，告訴他放有機肥的方法和用量，牛大伯一邊聽一邊點頭。

看到田間地頭的「南國櫻花」，兩位專家很是讚賞。

「這種櫻花是本地品種，歷經千百年的演化，好種易活。最主要的它還是茶葉蟲害的剋星。所以大量種植這種櫻花，既有觀賞性，又能防治病蟲害，一舉兩得啊！」楊黎明讚賞有加。

牛大伯把我拉到身邊，介紹說：「這還得感謝一山這孩子，是他開導我栽培這些櫻花的，真是聰明！」

我難為情地笑了，繞場一周，我們來到茶葉合作，早有人準備好了開水和茶具。

「今天，讓王穎博士教教我們茶藝吧，好讓大家長長見識！」俊生叔把王穎讓到主位。

王穎一落座，落落大方，氣定神閒。她微笑著擺好茶具，一邊示範，一邊解說……

圍觀的、品茶的，都豎起耳朵，聽得認真細緻，頻頻點頭，對王穎博士佩服得五體投地。

▶校園裡的採茶節

臨走的時候，楊黎明爺爺提議：「我認為如今的鄉村，文化進校園才是最好的傳承！」

他的這個提議馬上傳到了楊校長的耳朵裡。週一升旗儀式結束後，楊校長站在司令台上宣布：

「本週為茶文化宣傳週，各班班主任在班會課上做好 茶文化宣傳，週五下午全校舉辦校園採茶節。到時候，家裡爺爺奶奶有空的也一起來。」

一連好幾天，校園裡都議論紛紛：

「茶也有文化？什麼是茶文化呀？」

「楊校長葫蘆裡賣的什麼藥啊？」

採茶少年撲蝶忙

「校園採茶節會有什麼活動呢？」

「什麼茶文化酒文化，只要好玩就行！」

週三班會課，各班開展了「茶文化」主題班會。班主任鍾老師做了精心準備：茶分為六大類，我們區域的茶主要是紅茶、綠茶和烏龍茶……紅茶採摘的時候，一般會把茶葉分 為一等品與二等品。一等茶是只有一根嫩芽，而二等 茶是除了茶尖之外，還有一兩片嫩葉的茶……

然後，老師與同學們分享採茶的經驗：第一步，學會採茶，按照一等品和二等品採摘；第二步逐漸嫻熟，能夠馬上分辨一等品和二等品；第三步加快速度，做到對每棵茶樹的採摘基本不遺漏，不手忙腳亂……

另外，茶葉還有春茶和秋茶之分，這個當然是按照採摘季節來區分的。由於濕度、光照等的不同，春茶和秋茶也各具特色。

放學路上，我和牛丁互相提問，看看對茶葉知識了解了多少。回到家裡，我們登上小花台，有模有樣講起了茶文化。我和牛丁掌握得多一點，因為那天王穎博士講的內容，我們一知半解地記下了。

看著我們興高采烈的樣子，李奶奶也過來湊熱鬧。

「一山、小丁，你們今天不講故事啊？」李奶奶問。

「今天不講故事，今天我們就講講山嶺的茶文化！」牛丁大聲回答。

我連忙糾正：「牛丁，茶文化可不光是山嶺才有哦，世界各地還有好多國家也講究茶文化！」

牛丁搔搔後腦勺：「好像是哦，這麼說來，茶文化是可以跨越國界的！」

「明白得很快嘛！」我過去敲了敲他的腦袋。

「什麼茶文化，我們不懂，但我懂得《採茶歌》！」

福奶奶從家裡走出來，接過我們的話。

「《採茶歌》？採茶還唱歌呀？」我疑惑不解。

「採茶不但唱歌，還可以跳舞呢！」李奶奶說。說話間，兩位奶奶真的哼起了《採茶歌》。

兩位奶奶是第一次在我們面前唱《採茶歌》，而且唱得那麼投入。我和牛丁認真地聽，回到屋裡很快記錄下來，唱得我們心裡怦怦直跳。

週五下午，學校全體學生在老師的帶領下，來到了五松崗茶園。春光明媚，滿山的茶葉在風中搖曳，閃耀著綠色的光澤，蝴蝶在茶園上空翩翩飛舞。大部分家長來了，都是清一色的老爺爺老奶奶。

我的福奶奶也來了，李奶奶捨不得那一畦菜地，就沒有一起來。大家以班級為單位，首先聽從茶園管理員的指揮到達指定地點。然後在管理員的示範下，大家小心翼翼地走進畦間，學著樣子採摘起來。

「太老的不要，要剛剛長出的嫩芽，或者嫩芽帶一兩片嫩葉。茶葉很嬌貴，一不小心就成碎片了，所以採摘的過程中不能操之過急，要熟能生巧！」

管理員一邊示範，一邊講解。她的動作很輕柔，看上去輕輕巧巧，非常嫻熟。同學們大部分沒有採茶經驗，動作很笨拙。管理員走到同學們中間，指甲一擰，茶葉就落到了竹籃裡。同學們學著她的樣子，儘管慢，漸漸也掌握了技術要領。

在牛大伯和楊校長的安排下，開始有人講故事、唱歌了，福奶奶唱得最好，有模有樣，非常應景。整座茶園洋溢著快樂的氣氛。

太陽漸漸西沉了，同學們在管理員和老師的驗收下，評選出了採茶比賽一、二、三等獎。我儘管以前跟著福奶奶摘過茶葉，但是沒有經過訓練，今天重新學習，我並沒有占優勢，所以只得了個二等獎。

「一山啊，已經不錯了！」福奶奶表揚我。

是啊，自己的勞動成果，總是最讓人開心的。

老師、同學們，還有爺爺奶奶們，各自收穫著各自的快樂。

▶表哥來信

我和表哥鍾佳宸通電話，告訴他採茶節的歡樂。

「山嶺好是好，可那地方我還是不太喜歡！」鍾佳宸說。

他這個口氣說話真讓人生氣，我大聲駁斥他：「我就喜歡山嶺怎麼了？告訴你，全世界沒有地方可以超過山嶺！」

鍾佳宸聽出了我的火藥味，回了我一句：「山嶺有博物館、圖書館嗎？山嶺有海底世界嗎？山嶺有環山棧道嗎？你們學校連個跑道都沒有，就你那個小花台，我們這裡到處都是！」

我氣急了：「鍾佳宸，我不想和你說話了！」說完，我把電話重重掛了。

李奶奶看我氣鼓鼓的，過來拉住我的手。

「怎麼啦？我的小秀才？誰惹你生氣了？」

「鍾佳宸說他不喜歡山嶺，真是豈有此理！」我訴說著，眼淚不爭氣地流了下來。

李奶奶摸著我的臉說：「鍾佳宸不是山嶺長大的人，不喜歡也是正常啊！」

「可是，鍾佳宸的媽媽也是山嶺長大的呀，難道他要忘本嗎？」我接著問李奶奶。

「這個不一樣。鍾佳宸自小在城裡長大，習慣了那裡的環境，城市裡教育發達，各種資源也很豐富，你看，有公園，有圖書館，有摩天輪……他當然會看不慣我們這裡的樸實無華！」李奶奶抬起頭，眼睛穿過天井，看向遙遠的天空。

「樸實無華多好！」我依然堅持己見，山嶺就是好嘛！

想不到沒隔幾天，我收到了鍾佳宸寫來的一封厚厚的書信，這可是從來沒有發生過的事情。

書信的字體很工整，看來鍾佳宸還是蠻用心的。他首先表示，寫信是為了交流，不是要向我道歉的意思。

這個表哥喲，他什麼時候向我道過歉呀？

他說，他不是不喜歡山嶺，年節假日他還是很樂意來的！

我說嘛，看來他還不是非常沒有良心。

鍾佳宸接著說：「你來城裡的時候自己也看到了，我們有逛不完的公園，看不完的圖書，尤其是博物館，那裡展示的可是當今世界尖端的科技發明。我們的校園非常美麗，我們的活動豐富多彩。我們班有四十五個同學，大家你追我趕，可不像你們，一個班才六個人，多無聊！」

我嘟囔著：「誰說無聊？我們有五指山、翡翠灣……」

可是，我發現自己說話越來越沒有底氣了。

鍾佳宸最後說：「好表弟，媽媽說你是我最親近的人，可是我們應該在一起的呀。你來吧，讓舅舅舅媽接你到城裡來，讓我們天天可以在一起……」

看著看著，我的眼前彷彿出現了鍾佳宸那張臉，他撲閃著眼睛，好像向我真誠地發出邀請。

表哥在信中夾著兩張照片，一張是他在博物館操作機器人的畫面，還有一張是他參加市裡舉行的演講比賽，那次大賽他得了一等獎。

傍晚，坐在大樟樹底下，我思緒萬千。

我向遠處眺望：櫻花茶園鬱鬱蔥蔥，遠山層巒疊嶂，充滿著大自然的氣息。再

採茶少年撲蝶忙

看看翡翠灣、高腳屋，老實說，這裡精緻，就像是一幅精緻的水墨畫，遠離城市的喧囂。

可是我突然感覺，山嶺好安靜啊，安靜得讓人真想逃離。

我來到碼頭邊，登上紅月牙，仰臉躺在小小的船艙裡，任由它在翡翠灣隨風飄盪。

一條紅色的鯉魚躍出水面，打破了翡翠灣的寧靜。

李奶奶門前的百花台

▶村裡的老年活動中心

如今的李奶奶神清氣爽，工作俐落，吃得好睡得香，在我們家裡生活很舒心，跟村裡的其他老奶奶一樣。

李奶奶家的房子在牛大伯的打理下，大半年時間就建成了。兩層樓外牆刷得雪白，還做了馬頭牆，青磚青瓦，地面貼了瓷磚，每層都有廁所，窗戶很明亮。站在門口，可以看到大半個山嶺，門前的池塘也砌了石頭，水很清。房子背後是櫻花茶園，前後左右的舊房子也拆了，種上了紫薇、月季等花木，地面上鋪上鵝卵石。石桌石凳，還有一座小小的假山，就好像一個小小的公園。

這天晚上，牛大伯來到我們家。他開門見山，說是政府建的房子已經裝修好了，想請李奶奶回去住，時間由李奶奶自己安排。

李奶奶很高興，替牛大伯倒了杯熱水。

「謝謝你，感謝政府！」李奶奶坐在牛大伯身邊。

「房子我看了，很漂亮！門前屋後也打理得很乾淨，住在裡面肯定舒服！」

「那您看看，選個日子搬回去？」牛大伯說。

「說出去的話，潑出去的水！」李奶奶提高了聲調。

「我知道政府的良苦用心，心領了！我不搬回去，村裡就在那裡建個老年活動中心，我每天跟福妹回去坐坐，喝喝茶，聊聊天。全村的老人都有一個地方閒話家常，這就是我的意思！」

牛大伯湊上來，低聲問：「想好了？不搬回去？」

「不搬，不搬！」李奶奶態度堅決。

「那好，福妹嬸做個見證，我也跟村幹事開個會，看看這個問題怎麼解決！」

牛大伯喝光了杯中的水，反背著雙手走了。

這週六下午，牛大伯帶著另外兩個村幹事又來了。他再次確認李奶奶不搬回去住了，於是拿出一式兩份列印好的合約讓李奶奶看。

「這一條，第三條您看一下：李壽秀自願將政府重建的房屋無償租給村民委員會，作為老年活動的場 所，租期 三十年。您看有意見嗎？」牛大伯坐下來，指著合約說。

「什麼？三十年？我活不了三十年了。這樣，後面加一句：李壽秀去世後，該房子捐給村民委員會，由村民委員會管理使用。」李奶奶有模有樣地說。

「太好了！您高風亮節啊！」牛大伯站起來，緊緊握住了李奶奶的手。李奶奶的臉瞬間紅了起來，還有些靦腆。

李奶奶簽了字，在場的人都簽了字，還蓋了村裡的印章。大家都站起身用力鼓掌，李奶奶鼓得最起勁。隨後幾天，村裡派人買了辦公用具、書櫃、圖書、棋牌、茶具等，並布置了閱覽室、棋牌室、健身房、休息室，老年活動中心就這樣布置好了。

開幕這天，我們全校師生都來了，村裡的老人孩子也來了，好像還有上級。但是，李奶奶始終是活動的中心，慰問她的話、感謝她的話，她的耳朵都快長繭了。

大家還推舉李奶奶為老年活動中心剪綵。她推辭不過被讓到中間，手起剪刀落，鞭炮響起來，掌聲響起來，村裡的樂隊奏起了歡快的樂曲。

村裡還聘請李奶奶當老年活動中心的義務管理員。李奶奶把聘書捧在懷裡，心裡樂開了花。

晚上，福奶奶特地炒了幾個小菜，兩個奶奶舉杯共飲，慶祝村裡的大喜事。

我吃著桌上噴香的飯菜，看著兩位幸福的老人，也跟著她們分享著快樂和喜悅。

我心裡默默地想：其實，應該好好宣傳和表彰的除了李奶奶，福奶奶也是非常了不起的呀！你想啊，要不是福奶奶把李奶奶接回家，會有李奶奶的今天嗎？福奶奶的付出是無私的，福奶奶高風亮節！

我默默祝福兩位好心的奶奶。

▶新建的百花台

老年活動中心開放了，李奶奶這個義務管理員也正式上任了。

李奶奶做了兩套像模像樣的工作服：藍白花布、大褲管的直筒褲，厚底布鞋，挽一個髮髻，配上純銀的髮簪，戴上金邊老花鏡，活脫脫一個大學的退休老教授。

「我可不想讓人覺得我們山嶺的老太太很土！」李奶奶自信滿滿地說。

我和牛丁放學後的第一站就來到老年活動中心，李奶奶還是像在菜園裡一樣忙碌，忙著整理書籍，忙著拖地擦桌子。但是再忙，她也會聽我們講故事。

可是，我們菜園裡有小花台，這裡什麼台子都沒有。

我們站在花圃邊，站在池塘邊，站在假山邊，怎麼站著都不舒服。

於是，我們端了一張小凳子，當作我們的小花台，可那多彆扭！再說了，這樣子也不安全啊！

李奶奶看著我們忙碌，想要阻止卻始終沒有說出口。

一天，吃晚飯的時候，李奶奶問我：「一山，你想要一個怎樣的台子呀？」

我吃著飯，翹了翹嘴巴說：「就像我們家菜園裡那個。」

李奶奶瞪著我：「沒水準，那個老舊的小磚台，跟新房子不配！」

「那您說，怎麼樣的台子好看？」我讓李奶奶幫我出主意。

「要我說呀，建議村裡建一個百花台！」李奶奶說，

「我想了好幾天了，就在大門右側，建一個台子，鋪上厚一點的木板。正面中間三個台階，四周圍上好看的木板圍擋，再種上百十種鮮花，什麼牽牛花、繡球花、玫瑰花、百合花、各式菊花……平時，這些鮮花就由我來管理，你說這個台子會不會好看？」

「哇，您一說我就覺得這個台子太高級了！」我高興地大聲叫了出來。

「這些都是平時在電視裡看到的，再發揮一下想像力。其實，具體做怎樣的台子，由村裡說了算。」

李奶奶一臉微笑，她的眼前好像真的就有這麼一個美麗的百花台。

話音剛落，牛大伯大伯來了。

「嬸，我給您帶來了柴米油鹽，聽說您現在可時髦了，來看看您！」牛大伯提著嗓子，拿著東西就進來了。福奶奶接過他手上的東西，放進庫房。

「哇，嬸，您這也太講究了吧？」牛大伯一驚，把我們都逗樂了。

「你有必要這樣子嗎？」李奶奶倒了一杯水遞給他，

「我是看電視頻道，裡面的老人一個個優雅高貴，顯得很有質感。我整理一些老舊物件，配一副金邊眼鏡，怎麼樣？沒有給山嶺丟臉吧？」

「沒有沒有！」牛大伯接過話，「這哪裡是丟臉啊，這是給我們爭光！」一唱一和的，好一陣歡喜。

「這樣，壽秀嬸，今年重陽節，要在我們村子開一個表彰大會，到時候兩位嬸都要參加。我想著，活動就放在您家，您看好不好？」

李奶奶接過話頭：「什麼我家你家？是老年活動中心。我們剛剛還正在討論這個問題呢。」

等牛大伯落座，李奶奶坐在他的身邊。

「我想啊，大門口的右邊不是還有一大塊地空著嗎？在這裡建一個台子，用木料……」李奶奶一邊比畫，一邊把我們剛才的想法跟牛大伯說了。

「這個想法很好！」牛大伯豎起了大拇指。

「我想啊，既然活動中心門口都有個小公園了，這個台子也可以作為一個搭配啊。一來可以美化環境；二來平時可以作為孩子們唱歌、跳舞、講故事的場地；三來嘛，咱們這些老太太也不能閒著呀！」李奶奶說完，哈哈大笑起來。

牛大伯立馬同意了：「重陽節的頒獎大會就在這台子上舉行。我看台子還可以稍微大一點，明天實地量一下，馬上可以動工！」

牛大伯滿意地走了，看著牛大伯的背影，我們一家三口都高興地笑了。

▶頒獎儀式

百花台的台子建好了，簇新的松木板鋪在台面上，台階、柱子、圍牆，看上去真像一回事。

我們放學後，都要繞道過來，在台子上蹦蹦跳跳，然後面向正前方，有模有樣地講故事。儘管聽眾就是幾個小屁孩，我和牛丁還是講得很高興。

這天一大早，村裡請了一輛雙排座的小貨車，載著李奶奶、牛大伯進城了。他們是要到城裡的花木市場購買鮮花苗木。

傍晚，我們放學回來，百花台周邊的花木已經布置妥當。台子靠山的一邊放著一排綠綠的竹子，小楓樹、木槿樹作為點綴。正面第一排是矮小的綠植，還有兩排菊花，黃菊花、白菊花、粉菊花、紫菊花……兩邊是綠化樹，竹柏、桂花、女貞，還有含笑、夜來香……李奶奶正在修剪新栽種的花木，球形、塔形、橄欖形、扇形，自由搭配，看起來錯落有致。

「李奶奶，您什麼時候會侍弄這些花花草草了？」我好奇地問。

「看你說的，不會學呀，你家李奶奶自小聰明過人，一學就會！」李奶奶得意地賣弄。

我猜想，應該是購買花木的時候，園藝師傳授了一些經驗，做了一些示範。再說，園林裡各種形狀、各個品種的花木很多，李奶奶這是現學現用。

站在台子上，鮮花簇擁的那種自豪感油然而生。不是有句話這麼說嘛——人生，有荊棘，也有坎坷，有鮮花，也有掌聲…… 鮮花和掌聲是成功的標誌，是榮譽的標誌。

九九重陽節這天一早，鮮花開得更豔麗，樹木更加 蒼翠。李奶奶早早地帶上我，讓我負責門前的衛生。她自己把室內再清掃一邊，擺好桌椅，洗好杯盤，裝好水果，又開始研究花草樹木……

老年活動中心和這個新建的百花台融為一體，遠看，成了我們山嶺的一個新的標誌。大樟樹、翡翠灣、百花台、五松崗……成了我們新的口頭禪。

九點鐘，我們全校學生穿著校服，排著整齊的隊伍，分列在百花台前。老師們站在我們身後，他們滿臉含笑，悄悄地在說著什麼。

百花台上豎起了一個麥克風架，夾著一個無線麥克風。台子兩邊的角落裡放著兩個音響，正好被樹木擋住，若隱若現。音響飛出一首首歡快的曲子，一隊客人在鄉村幹事的陪同下，正從大樟樹那邊步行上來。

來賓們來到百花台前，他們分別跟李奶奶等村裡的老人們握手。這時候我們看清了，市裡面來了兩女三男，有個女的年輕一點，其他都是上了年紀的。年輕的看見了旁邊的李奶奶，連忙把她讓到中間。我帶頭鼓掌，瞬間掌聲如雷，李奶奶的臉上又出現了紅暈，她的笑容還是有些靦腆。

音響停止了放音樂，主持人開始介紹來賓。

那個年輕一點的女人笑容可掬，頻頻向大家致意。站在李奶奶旁邊的老爺爺也滿臉笑容，向大家揮手致意。

主持人終於宣布表彰了，現場一共表彰了五個人，其中，「尊老愛老之星」、「無私奉獻之星」都花落我家。

你也許猜到了吧？「尊老愛老之星」就是我家的福奶奶，而「無私奉獻之星」非李奶奶莫屬了。喜慶的音樂響起來了，所有在場的人熱烈鼓掌。最高興的應該是我了，我們一家兩位奶奶都獲獎了，我能不高興嗎？我把一雙手都拍麻了，還不能完全表達心中的喜悅。

當然，宣讀頒獎詞的時候，我也被點名表揚了，尊老愛老怎麼會沒有我的功勞呢？

簡樸的儀式，把我們普通家庭的開心事變成了全村的節日。我們越發覺得，照顧李奶奶是正確的選擇。

▶山嶺來了參訪團

市裡的電台、電視台、報紙等密集宣傳了山嶺的變化，尤其對百花台上的頒獎儀式、獲獎者廣泛宣傳。

李奶奶門前的百花台

一時間，大樟樹、翡翠灣、百花台、五松崗，隨著宣傳，在鄰近縣市幾乎家喻戶曉。

學校也開展了一次「我為山嶺獻愛心」的主題活動。內容非常豐富：為老人獻愛心、為家人獻愛心、為環境獻愛心、為文化獻愛心……

我領到的任務是：為翡翠灣洗臉。每天早晚，我要打撈翡翠灣的白色垃圾，及時發現水質變化和魚類生長情況，向環保組及時反映情況，配合我的是牛丁。

我替牛丁做了一個打撈工具：長長的竹竿尾端裝 一個網子。每天早晨天一亮，我們就在碼頭會合，我駕駛著我的紅月牙，發現哪裡有垃圾就往哪裡開。牛丁帶著打撈工具一路打撈，垃圾撈上來就裝到船上竹筐裡再集中處理。

週末的時候，我們會往溪的上游走，向沿岸的爺爺奶奶宣傳保護環境的重要性。在溪的一個 支流，我們發現了一個小型養豬場直接向溪排放污水。在我們的反映和督促下，這個養豬場關閉了。

上游的水清澈了，水裡的垃圾看不見了，清澈的河 水倒映著兩岸的竹木，倒映著藍天白雲，好一幅美麗的畫卷，我們的心情也美美的。

週六一大早，牛大伯叫住了我們。

「二山，你們倆表現很好，今天有參訪團到我們山嶺，有空你們就多走兩趟。」牛大伯高興地說。

「好，牛大伯，您怎麼這麼高興啊？」我看牛大伯喜滋滋的，忍不住問他。

「二山，你不知道啊，這次參訪團只到兩個村參訪，全市那麼多村，我們村可有面子了！」牛大伯一邊回答，一邊樂呵呵地走了。

十點多鐘，參訪團乘坐的大巴停在了大樟樹下。我數了一下，一共是六輛大巴，這在我們山嶺可是第一次見到。

參訪團先圍著大樟樹看，不斷拍照。牛大伯請了鎮裡面的宣傳幹事做導遊，講解山嶺的特色文化。

我和牛丁跟在參訪團後面，牛大伯向我們使眼色。我悄悄地說：「翡翠灣非常乾淨，像一面鏡子！」牛大伯點了點頭，偷偷向我們豎起了大拇指。

參訪團進了廢墟，站在碼頭邊，看到晶瑩剔透的翡翠灣和錯落有致的高腳屋，一下子來了興致。

「這水只應天上有，我看要比水晶更清澈啊！」一位年紀較大的伯伯，戴著一副眼鏡，捋著鬍鬚不斷點頭。

「是啊，山嶺的生態環境非常好！」旁邊一個叔叔指著翡翠灣稱讚道。

「阿姨，拍照要從翡翠灣的角度拍，三分水，四分樓，三分遠山！」我過去跟一個拍照的阿姨說。

阿姨停下來看著我：「這孩子，誰教你的呀？太神了！」她按照我說的方法取景，果然拍出了一張張美景。

「這孩子叫牛一山，你可別小看他，他是山嶺的環保大使、孝心大使，還是游泳高手，遠近聞名的『浪裡白條』啊！」牛大伯走過來，攬著我的肩膀，好一番誇獎。

「哇！這孩子這麼有才！」一位戴眼鏡的大伯走過來，也表揚起我。

「一山，這是委員劉伯伯。」牛大伯介紹說。

「劉伯伯，山嶺歡迎您！」我敬了個禮，立刻引起哄堂大笑。

參訪團來到老年活動中心，李奶奶像往常一樣，整理書報、清洗茶杯、修剪花木、幫花木澆水……一切有條不紊。

劉伯伯早就聽說這房子是李奶奶無私捐獻出來的，他搶先兩步，拉著李奶奶的手拉起了家常。我站在李奶奶身邊，非常幸福。

客人越來越多，他們在百花台前駐足，不斷地拍照。李奶奶看著滿山滿院的客人，眼睛笑成了一條縫。

▶校園小樂隊

參訪團來到學校，站在操場上聽取經驗介紹。牛大伯可沒那麼多大道理，他開門見山地說：「自從多年前的一天，山嶺封山育林了，我們山嶺一不靠山吃山，二不靠水吃水，我們靠著雙手，保住了山嶺的綠水青山，創造出了一片櫻花茶園。來年，櫻花開滿五松崗的時候，希望你們還來！」

頓時，整個操場響起了熱烈的掌聲。

「講講有什麼困難吧！」劉伯伯說。

「困難嘛，肯定是有的……」牛大伯搔搔後腦勺，不知道從何說起。

「就說你最想馬上解決的！」劉伯伯笑著說。

「你要是困難講了一大堆，誰還來參觀訪問呀？」操場上又響起一陣笑聲。

「困難嘛，就是人。年輕人、小孩子都往城裡跑，

我們這麼好的村子，誰來守護？誰來傳承？」牛大伯

實話實說。

劉伯伯的笑容收斂了，滿操場的採訪者也一下子安靜下來。

「這不光是你山嶺的困難，也是我們每個村子的困難。」

劉伯伯語重心長地說，他回頭問牛大伯：「山嶺最容易失傳的是什麼？我們馬上來搶救！」

「山嶺的樂隊一直以來都是冠軍樂隊，大家說是不是？」牛大伯問參訪團的人。

「是！山嶺的樂隊很強！」一個老人大聲說道。

「可是，我們年年招徒弟，年年沒徒弟，等我們一個個都進了棺材，這好東西就要失傳嘍！」牛大伯一臉的惋惜。

「山嶺小學的校長來了沒？」劉伯伯大聲問。

「來了！」楊校長從人群中鑽出來。

「這樣，今天我們三方訂個協議，我代表政府，牛大伯代表傳人，你代表下一代，具體地說，我向政府申請專項資金，你負責選徒弟，牛大伯負責培訓。我就不信，經過一年又一年的努力會傳不下去！」劉伯伯話音剛落，牛大伯帶頭鼓掌，楊校長和我，還有參訪團的人也跟著鼓掌。

站在操場邊圍觀的老爺爺老奶奶都鼓掌了，有人還悄悄地抹去臉上的淚水。

參訪團走後，牛大伯根據劉伯伯的吩咐去了一趟城裡，採購回來了一整套樂器。楊校長馬上動員四、五、六年級班主任，臨時組建起了一支由十二人組成的「少年樂隊」。

音樂教室布置了樂器專櫃，一塊黑板，三排桌椅，這裡就成了少年樂隊的大本營。

牛大伯提議，由我擔任少年樂隊的隊長。學校採納了他的提議，正式任命我為首任隊長。

這是我的願望，可是，想想我對城市的渴望，想到城裡的校園、公園等，我心裡慚愧極了。

當然，這所有的一切，都是我的祕密。

牛大伯做事雷厲風行，學校進行了課程調整，他把我們下午的第三節課和週六下午安排為訓練時間。根據幾位元老先生的授課和觀察，我們十二個人每人學兩種樂器。我是揚琴和笛子的選手，揚琴由德才爺爺授課，笛子直接由牛大伯親自教我。

李奶奶門前的百花台

訓練是艱苦而有趣的，當幾位學習二胡、三弦的同學把磨出血泡的手指給我看的時候，我真是既心疼又暗自慶幸。

每天下午放學前後，五松崗下，翡翠灣旁，就會響起「叮叮咚咚」不和諧的樂器演奏聲。

當然，這些聲音會越來越優美的，因為我們很努力！

我是深山保育人員

▶李奶奶的煩惱

我有時候會想，在天空中看下來，山嶺會是什麼樣子呢？像一葉扁舟，行駛在綠色的海洋？或者像是襁褓中的嬰兒，被層巒疊嶂環抱著？

是啊，山嶺的四周都是青山綠水，山嶺就是備受呵護的孩子，是大地的寵兒，而我們是山嶺的寵兒。

我知道，在五指山的後頭，連綿的青山層層疊疊沒有盡頭。春天，榛子花開；夏天，百鳥爭鳴，知了的叫 聲此起彼伏，非常熱鬧。一陣陣太陽雨過後，大樹底 下就會冒出許許多多的蘑菇，有紅菇、梨菇……各色山珍，是大自然的饋贈；秋天，野果成熟了，有紅色的桃、紫色的野葡萄，更有各種堅果，那是松鼠們的最愛；冬天，柿子成熟了，像一個個小小的紅燈籠掛在枝頭。水氣氤氳，層林盡染，偶爾會在草叢林梢抹上一層薄霜。要是氣溫夠低、水分充足，在高山之巔還能見到山嵐，山嶺是色彩豐富而靜謐安詳。

剛入秋，李奶奶似乎有了心事。她常常端起碗筷，微蹙眉頭，感覺香噴噴的米飯無法下嚥似的。

「李奶奶，是不是百花台也有煩心事呀？」我忍不住問她。

「傻孩子，花有的春天開放，有的夏天開放，有的秋天開放，有的冬天開放，在我們山嶺呀，別擔心哪個季節會缺少鮮花的陪伴！」李奶奶笑著說。

「可是，我發現最近您吃飯不香啊？」我疑惑地問。

「我呀，也有煩惱啊！」李奶奶歎了一口氣。

福奶奶愣了一下，我也停止了吃飯，以為李奶奶的老毛病又要犯了。

「你們說說，這電鍋煮出來的飯，大鍋炒出來的菜，聞起來特別香，可是吃著吃著，總覺得味道差一點點！」

李奶奶用筷子指著桌上的飯菜說，我和福奶奶相視一笑，懸著的心慢慢放下了。

「老嫂子，你說得對，我也覺得差一點。可缺什麼呢？」福奶奶接過話。

「我在想啊，我們以前吃大鍋飯，那用柴火燒出來的飯菜，有火的味道！」李奶奶眼睛看向天井，輕輕說。

「對對對，現在的飯菜呀，缺的就是火的味道！」福奶奶放下碗筷，激動地說。

「可是，拔一點枯枝雜草，加熱豬飼料都不夠，連圈裡的豬都跟著我們一起受罪！」李奶奶也乾脆放下碗筷，兩個奶奶陷入回憶。

我聽著兩位奶奶的談論陷入了沉思：自從封山育林以來，全村都改柴用電。記得那一年，牛大伯敲鑼打鼓送給每家每戶一台電磁爐，一個電子鍋，同時發了一封「寫給全體村民的一封信」，從此家家戶戶關閉柴灶，告別向大山討生活的日子。

也有幾戶人家不願意用電的，偷偷摸摸砍了一些柴草，結果被保育人員逮到罰款，向全體村民道歉，往後這樣的事情幾乎沒有了。

都好幾年了，李奶奶怎麼為這事煩心呢？

她這吃飯不香、悶悶不樂的樣子，也給我帶來了煩惱。難道我忍心看著她不開心嗎？可是，我總不至於去做違法亂紀的事情，偷偷跑到山上砍樹吧？再說了，就憑我這身子，能夠爬爬山就不錯了，還能對付那些根深葉茂的樹木？

現在她這一說，福奶奶也開始煩心了。她們這樣一唱一和的，好像煙囪冒煙成了她們最高的追求。

晚上，我躺在床上輾轉反側，眼前老是晃動著煙囪冒煙的樣子。我在去翡翠灣的路上，或者翡翠灣的水面上，倒是可以撿拾一些枯枝，到櫻花茶園 也可以撿些枯枝；可是，對於炒菜做飯，那些都是杯水車薪。

向大山要柴火！這個念頭一蹦出來，我就覺得自己夠大膽。是啊，如今的大山只有保育人員進進出出，早已不是像我這樣的孩子能夠隨便走隨便看的。

「有困難找我！」一句話又冒了出來。這是牛大伯每次來我們家，都會留下的話。

對，明天剛好週末，找牛大伯！想到這裡，我的心也變得安定了，睏意立刻向我襲來。

▶葉笛

一大早，牛大伯家的庭院裡就傳來絲竹聲聲。我推開院子的木門，只見樂隊的全班人馬都在場，每人一件樂器，正吹吹打打。

看見我進去，大家陸陸續續停止演奏。牛大伯拉住我的手說：「少年樂隊就數你悟性高，來來來，機會難得，你跟我們幾把老骨頭和一下音！」說完 把自己手中的笛子塞給我。

大家重新坐下來，不約而同地看著我。我有點愣住，回頭看著牛大伯。

「哈哈哈，大家等著你試音呢！笛子可是樂隊的老大呀！」牛大伯看我一臉疑惑，哈哈大笑起來。

我一下子被鎮住了，連忙把笛子還給牛大伯：「這個我可不敢，我跟著大家濫竽充數還差不多。」

我一句話把大家都逗樂了。，只見牛大伯走向圍牆邊的一棵桂花樹前，伸手摘了一片葉子，兩手拿住，放進嘴裡吹了起來，有模有樣的調子立即從他的嘴裡飛出來。

「行了，我來起調！一山，今天就不為難你了。好好練，將來這個角色非你莫屬！」牛大伯一邊往回走一邊說。

牛大伯把樹葉含在嘴裡試了試音調，前奏就響起來了。整個樂隊跟著他的音高和節奏，悠悠揚揚演奏起來。我從開始的緊張到漸入佳境，曲子也變得歡快明朗。

一曲終了，我以為大家馬上要收手了，想不到牛 大伯又起了一個調，歡快的曲子，節奏感也很強，把每個人的水準都發揮得淋漓盡致。

三支樂曲循環演奏了兩遍，牛大伯才滿意地剎車。我心裡明白，牛大伯選的這三支曲子都是最簡單的，演奏效果卻非常明顯。我第一次跟那麼多老藝人一起演奏，心裡還怦怦直跳。

「二山，你這小子還不錯嘛！」牛大伯張口表揚，「以後有時間就來，多練幾支曲子，到時候也可以在大場面上露露臉！」

我靦腆地笑了。

各人收拾好傢伙，陸陸續續離開了。走之前，我都跟他們打招呼說再見。

牛大伯微笑著看我，我對他葉笛非常好奇，纏著他教我。牛大伯讓我摘一片樹葉，他說樹葉的選擇也是要講究方法的，樹葉不能太老，太老了聲音飛不起來，也不能太嫩，太嫩容易吹破。另外，外側要厚薄均勻，要閃閃發亮。我根據牛大伯的指點，選擇了一片合適的樹葉。

牛大伯先讓我吹一曲口哨，聽完告訴我：「吹樹葉呀跟吹口哨差不多，講究吹風的力氣，把握風速。你知道，吹口哨為什麼會發出聲音嗎？」

我隨口回答：「有風吹出來啊。」

牛大伯分析道：「我們吹口哨，振動的是嘴唇，把握風速和節奏，歌聲就出來了。吹樹葉是同一個道理，吹樹葉振動的是樹葉，把握風速和節奏，也可以吹出優美的旋律。」

我跟著牛大伯吹起了樹葉，一開始總不得要領，吹出來的聲音像木工師傅鋸木板一樣，沒有一點美感。牛大伯耐心地給我講解如何把握風速，如何把握節奏，漸漸地，我竟然可以吹出一句完整的旋律了。

我高興得跳起來，牛大伯豎起大拇指，誇我有天分。

看牛大伯高興，我可沒忘記此行的目的，於是靠過去坐在他旁邊，弱弱地說：「牛大伯，李奶奶最近老吃不下飯！」

牛大伯表情緊張地問我：「怎麼了？我看她身體好好的，昨天還看她很高興呀！」

我故意賣關子：「那是見到你，只要一上飯桌，她就不想吃飯了！」

牛大伯著急了：「快說快說，到底怎麼回事！」

我翹起嘴巴說：「李奶奶說，電磁爐、電鍋做出來的飯菜聞起來香，可吃起來沒有火的味道……」

「火的味道？什麼火的味道？這老婿葫蘆裡賣的什麼藥啊？」牛大伯自言自語地說。

沉默了一下，他瞪大眼睛問我：「莫非，她想燒柴火？柴火煮出來的飯才有火的味道？」

「正是！」我點點頭說。

「這可不好辦！封山育林、禁燒柴火，那是我們 的村規民約，我們不能壞了規矩呀！」牛大伯站起身來，有點無奈地搖了搖頭。

我嘴嘟著站起來就走。剛出院門，牛大伯一句話傳來：

「二山，我看這樣，明天下午三點，剛好要開村民代表大會，你過來試著跟大家說說？」

「好！」我響亮回答。可是，該怎麼說才有戲呢？我一邊走一邊思考。

▶義務保育人員

李奶奶在菜園裡澆菜。她把長柄竹勺揚得高高的，清水在空中劃出一道優美的弧線。

自從成了老年活動中心的管理員，李奶奶每天在菜園的時間少多了。但每一棵菜她都心中有數，該澆水了，該施肥了，該除蟲了，她都瞭若指掌。

我站在小花台上，拿起笛子為李奶奶吹了幾支曲子。李奶奶眯著眼，一邊聽一邊打著節拍。

曲子終了，我把牛大伯讓我明天下午到會上的事情跟她說了，看看她有什麼好辦法。

「你這孩子，我不過隨便說說罷了，你怎麼就當真了呢？」李奶奶責怪道。

「可是，您吃飯不香，我很急呀！」我爭辯著。

「說都說了，那就試試唄！」李奶奶笑了笑。

「我就看你到時候怎麼說，那麼多人，你膽子可真大！」她這麼一說，我還真感到緊張。

不過，緊張歸緊張，為了能夠燒柴火，這次我就豁出去。

「李奶奶，您可別取笑我，我這不是向您討教嗎？」

我拉著她的袖子，撒嬌地說。

「你想燒柴火？那你再想想，柴火從哪裡來？」

「打樹上的枯枝呀！」

「誰打？去哪裡打？爬到樹上打枯枝，那可是很危險的事情啊！」

「到時候自然有辦法！」

「樹上的枯枝為什麼別人不能打，你可以打？」

「我……我……我是為了李奶奶呀！」

「那你要不要做一些事？不然人家憑什麼要答應你？」

我被李奶奶問得啞口無言，搔了搔後腦勺。看我一臉尷尬，李奶奶偷樂。我拿起笛子，一邊吹一邊往家裡走去。

下午是小樂隊訓練的時間，牛大伯這個教練可厲害了，誰練得勤、誰進步了，他一聽就知道。誰適合什麼樂器，誰又不適合什麼樂器，他也心知肚明。訓練的空檔我來到他身邊，把上午跟李奶奶的對話告訴他。

「牛大伯，您一定有辦法的，對不對？」我央求他說。

「做事？這倒是個好主意！」

牛大伯點了點頭。想了一下，牛大伯抬起頭來：

「這樣，待會你跟我去牛思林爺爺家一趟，或許就有辦法了！」

「好，牛大伯真好！」我忍不住笑了起來。

「你可要做好吃苦的準備！」牛大伯捏了一下我的鼻子。鼻子被他捏得酸酸的，但是我樂意。

訓練結束，我收好樂器鎖好門，牛大伯拉著我的手直奔牛思林爺爺家。

牛思林爺爺七十多歲了，臉蛋黝黑，布滿了皺紋，平時不苟言笑。他是我們村的老保育人員，既種樹又護林，是我們山嶺綠水青山的功臣。不過他一向鐵面無私，被他抓住了誰亂砍濫伐，任誰求情都沒有用，牛思林爺爺是個有名的包公。

我和牛大伯跨進牛思林爺爺家的大門，看到他正在編製藤器，心裡有些慌，怯怯地叫一聲爺爺。

「哦，小一山，稀客呀！」牛思林爺爺停下手中的工作，拍了拍雙手，站起身幫我和牛大伯一人倒一杯茶水。

「你自己跟爺爺說吧！」牛大伯鼓勵的眼神看著我。

我還是一陣緊張，雙手捂住茶杯微微發抖。

「這孩子，有話就說。爺爺可不是會吃人的老虎啊！」牛思林爺爺鼓勵我。

我鼓起勇氣，把李奶奶想吃有火味的飯，把家裡想燒柴火的想法全部說出來。

「好孩子，衝著你這份孝心，就應該支持你！」牛思林爺爺幫我加了水，微笑著誇我。

「看看，爺爺多好！」牛大伯也笑了。

「可是，你能幫助爺爺什麼呢？」牛思林爺爺笑著問。

「我幫您捶背……我幫您講故事……您說，我做 什麼都行！」我連珠炮似的回答，把他倆都逗樂了。

「不用捶背，這樣，爺爺老了，進山的時候想要有個伴。你樂不樂意每週日上午跟著爺爺一起進山，給爺爺做個伴呢？」牛思林爺爺眼睛一眨不眨看著我。

「我樂意，一萬個樂意！」

想不到牛思林爺爺提的是這個要求，進山是一件多麼好玩的事情！我禁不住大叫起來，兩位老人也大笑。

「給，這個工具就是打枯枝的神器，你不用擔心要爬樹打枯枝了！」牛思林爺爺嘴巴抿了抿，我順著看過去，那是一把長柄劈刀，長長的木柄足足有三四公尺長。

「明天知道該怎麼說？」牛大伯問我。

「該怎麼說呢？就說我去跟爺爺進山做伴！」我調皮地說。

「太不文青了！」牛大伯用食指指著我笑著說。

「你應該這樣說：我願意做一名義務保育人員，不要一分錢，每週日跟著牛思林爺爺一起守護山林！這樣說是不是更好？」

「太棒了！」牛大伯說得滴水不漏，我由衷地佩服他。

從現在開始，不，應該是從代表大會同意開始，我就是一名義務保育人員了。

當然，毫無懸念，代表大會全員鼓掌通過，他們還對我的孝心豎起了大拇指。福奶奶和李奶奶也誇我會做事。我感到自己好像一下子長大了很多。

▶又見炊煙起

週一早上，山嶺從睡夢中醒來。遠遠地看到大樟樹下圍著不少人，我也過去圍觀。

原來，宣傳欄上貼出了告示：經過村民代表大會決議，同意牛一山當一名少年義務保育人員，每週日跟著牛思林同志一起守護山林！一致同意李壽秀家可以燒柴灶，用從山上打回來的枯枝炒菜做飯。請全體村民共同監督！

有幾位老人在竊竊私語——

「這可是破天荒喲！」

「是啊，沒有打破封山育林令吧？」

「一山這孩子孝順！」

「義務護林，打一些枯枝也是應該的呀！」

「壽秀嫂子不容易，我們應該支持！」

「跟福妹嫂子比起來，我們做得太少了！」

「往後，撿拾到枯枝，我們也送他們家裡去！」

「對，他們家的煙囪冒煙，我們沒意見！」

大家七嘴八舌，看來代表大會的決議沒有人反對。有人看到了我，笑著表揚我。

我難為情地離開人群，約上牛丁，划著紅月牙，沿著高腳屋清理翡翠灣的白色垃圾。

其實，自從垃圾集中處理、成立了環保督察小組，我和牛丁成了義務環保小衛士，漂浮在翡翠灣的白色垃圾越來越少了，有時往返兩三趟也看不到一點垃圾。

看到上游有一小段木頭漂下來，我讓牛丁撈上來。

「以後只要淹大水，都會有木頭從上游漂來，我們打撈上來就好了！」我提議。

其實，我爺爺和我爸爸早年都是在河邊討生活的。但凡淹大水一定有收穫，不過，這個時候也是最危險的時候。像我這年齡的孩子，收一些枯枝雜木是可以的，那些危險的大段木頭，衝擊力很大，我們還是躲得越遠越好。

傍晚放學回來，我們家院子裡竟然堆起了不少枯枝雜木，李奶奶清理出廚房隔壁的一個牛欄，由於多年不養牛了，就作為柴房使用。

「我們村的那些個老伯老嫂子，都把自家撿到的柴火送到我們家來了！」李奶奶樂呵呵地說。

「我們家都快成撿破爛的了！」福奶奶從廚房裡出來。她把兩口大鐵鍋端出來，把原先覆蓋在鍋底厚厚的鍋底灰用鏟子剷除，院子裡響起一陣有節奏的金屬撞擊聲。

「你福奶奶心裡樂著呢！」李奶奶笑著說。我看著兩位奶奶，知道她們心裡都高興。

我拉上牛丁到翡翠灣巡邏。遠遠地，一縷青煙從遠處一處瓦房頂上的煙囪裡冒出來，一陣微風吹過，青煙慢慢飄散開來。我彷彿感覺到，整個山嶺都有了炊煙的味道。

又見炊煙起

那一縷炊煙，正是從我們家的煙囪裡冒出來的。我拉著牛丁，飛奔著回到家裡，兩位奶奶正在廚房裡忙碌著。

福奶奶把一個大畚箕放在灶台上，把剛剛炒熟的穀物一鏟一鏟舀到畚箕裡，一陣久違的香味在廚房裡彌漫開來。

福奶奶招呼我們，給我們一人一大把，由於太燙了，我們直接裝進口袋裡，笑著走出廚房，邊走邊吃。

我們來到菜園，來到小花台，坐在台子上，看著我們家裊裊升起的炊煙，一邊美味吃著，一邊談論著這驚喜的變化。

晚飯我們吃的雞蛋麵，軟軟的雞蛋麵夾雜著蒜瓣的香味，熱乎乎，軟糯糯，滿嘴都是雞蛋味。

我體會到了，這就是真正的火的味道呀。

晚飯後，福奶奶提著香籃子，籃子裡裝滿了油炸的糯米糕、芋頭絲。她也遞給我一個籃子，裡面裝滿了相同的東西。她帶上牛丁一組，我和李奶奶一組。我們兵分兩路，一人打一支手電筒，去向山嶺的各家各戶分享大鍋灶的味道。

「感謝你們的幫忙，大家吃了長命百歲！」李奶奶到每家每戶都是這樣說。

兩位奶奶忙碌到了半夜，廚房裡叮叮咚咚響到半。我睡在床上，隔著牆彷彿也看到了廚房裡裝著滿滿的幸福。

▶夢裡夢外

週日，是我和牛思林爺爺約定進山的日子。牛思林爺爺交給我的任務，就是扛那把長柄劈刀。劈刀的木柄上掛著一大把褐色的棕繩，不停地在眼前晃盪。

牛思林爺爺的腰間繫一個竹製的刀筐，裡面插了一把劈刀。爺爺打頭陣，穩穩地踩在石板上，我跟在後面蹦蹦跳跳的，忽左忽右，嘰嘰喳喳，有說不完的話。

不進大山，還真不知道大山的神奇。翻過五指山，越往前走兩邊的樹木越茂密，路是石階路，像天梯一樣向前延伸。路旁有飛流直下的瀑布，有五顏六色的蘑菇，有拖著長長尾巴的山雞，有許許多多的野果，有靈巧的松鼠……

爺爺時不時停下腳步，親自教我認識可食用的野果和蘑菇，還有一些治療發燒感冒、飽脹拉肚子的草藥。

我最感興趣的是樹上的枯枝。密林中，在一棵棵大樹末梢，總會有或大或小的枯枝。爺爺一伸手，我馬上把劈刀遞上。爺爺接過劈刀，雙腳一前一後分開，對著枯枝的根部，三下兩下就劈 下來。一根根枯枝從樹上掉下，我的心裡隨著枯 枝的掉落，撲通撲通跳得歡快。

在林子裡轉一圈，枯枝打了一大片，我們撿回來堆在一起，爺爺就攤開棕繩，結結實實捆了一大一小兩捆。

爺爺帶著我登上山巔，一陣風吹來，我覺得神清氣爽，舒服極了。爺爺對著大山，雙手捂成喇叭狀，往四周大聲吆喝。回音從四周返回，一陣接著一陣，就像陣陣松濤，一浪接著一浪湧過來。

快到中午了，我們往回走。每人都背著一捆結結實實的枯樹枝。當然爺爺背的是大捆，還幫我拿 著那把長柄劈刀。我背的是小捆，約莫十幾二十斤重。一開始我跑得很快，想想自己家屋頂的煙囪裡冒出的青煙，好像平添了許多力氣；漸漸地，我發現自己的雙腿有點軟了，踩在地上開始不穩，背上的枯枝也好像越來越重，壓得我喘不過氣。

爺爺讓我走在前頭，走慢一點。我咬緊牙關，怕爺 爺笑我。可是才走出去不遠，我的腳步就開始不聽使喚了。

來到一個小亭子裡，我們放下休息。爺爺抽出一根香煙，聞了聞，看看滿山的密林，又裝了回去。

再起身的時候，我的肩膀火辣辣地疼，根本受不了這把枯枝，原本不重的一小捆枯枝像一座小山似的壓下來。我咬著牙，想把剛抱起來的枯枝拋掉。爺爺眼疾手快，伸出大手一把接了過去。他把長柄劈刀交給我，肩上扛著大捆的，手上拎著小捆的，帶頭走在前面。

我忽然感覺，爺爺根本不是七十多歲的老人，依然那麼年輕力壯。

回到家裡，兩位奶奶早已做好了午飯，我們留爺爺一起吃飯，他也毫不客氣，洗臉洗手，兩大碗米飯配著薑絲河魚就下肚了。我只吃了小半碗就把碗放下了。

臨走時爺爺說：「一山這孩子不錯，還算吃苦，做伴非常好。等等看看他，肩膀腫了，腳底起泡了，好好敷一下！」福奶奶脫下我的鞋子，果然我的右腳一排三個血泡，左腳好一點，也有兩個小小的血泡。再脫下衣服，福奶奶發現我的肩膀又紅又腫。

李奶奶到菜園裡拔了一大把草藥進來，用水熬了一些，拿一條柔軟的毛巾，輕輕地幫我擦拭傷口；福奶奶把剩下的草藥搗爛，敷在我受傷的地方，找來紗布，幫我包紮好。

兩位奶奶忙前忙後，我反而感到難為情了。我怎麼可以這麼嬌氣？原本想做一個小小的男子漢，好好保護我的兩位奶奶的。可是就只是打一些枯枝回來，便把我壓彎了腰。

兩位奶奶出去忙了，我躺在竹椅上一倒頭就睡著了……

天空晴朗，萬里無雲。我和鍾佳宸手拉著手來到瀑布公園，公園裡遊人如織，許許多多穿著漂亮的中小學生結伴遊玩。他們有的在划船，有的在衝浪，有的在寫生，有的在射擊，也有的在坐旋轉木馬……各種笑聲此起彼伏。

我和鍾佳宸一人踩著一塊滑板在湖面上飛翔，一下我在前面，一下他超越，你追我趕的好不快樂。

忽然，一隻老鷹飛在我們上空，我一仰頭，看見老鷹直直俯衝下來，對著我的頭猛啄一下，我尖叫一聲，飛了出去……

我猛地驚醒，滿頭大汗，氣喘吁吁。一隻大公雞咯咯咯在我身邊走來走去，我腳底的紗布鬆開來了，血泡爛了。原來正是牠剛才啄開了我腳上的紗布，又啄了我腳底的血泡。

血從我的腳底下一滴一滴往下落，痛得我狠狠地吸一口氣。

我是深山保育人員

我躺在竹椅上有點欲哭無淚。山嶺還是一樣的安靜，靜得只能聽到自己的呼吸。夢裡的瀑布公園人山人海，每天都像節日一樣熱鬧。

小村裡來了雜技班

▶溪之戀

農曆九月底，冬收冬種結束了。

一度忙碌的田野安靜下來。離水源地近的，有的種上了油菜籽，也有的種上了蘿蔔青菜，田間地頭站立著稻草人。大部分田地什麼也不種，成了孩子們玩耍的樂園。

農閒時節，牛大伯召集樂隊集中訓練。我還是吹笛子，笛子吹得悠揚，頗有架式。

「一山，你吹的笛子很有味道了！」牛大伯說。

「對，這孩子有天分呢！」一位老人說。

我笑一下，然後纏著牛大伯教我吹樹葉。牛大伯當然樂意，他總是耐心糾正一些錯誤，告訴我最主要的還是把握氣息和節奏。

我漸漸覺得吹樹葉多酷呀，隨時隨地都可以吹，當我吹樹葉的 時候，所有同學都會目不轉睛看著我。我甚至感覺到了他們崇拜的眼神，尤其是牛紫萱的眼神，水靈靈的，好像在誇我呢！

於是，吹笛子之餘，我最喜歡的還是吹樹葉。我在小花台吹，在百花台吹，在大樟樹下吹，在紅月牙上吹……進山的時候，我甚至會吹上一路，跟鳥兒比唱歌，跟泉水比唱歌……我吹樹葉的樣子，刻進了老人孩子的心裡了。

「你吹樹葉的技術已經超過吹笛子了！」牛大伯說。

我心裡一陣雀躍，但我控制住了自己，沒有立刻跳起來。

「牛大伯，跟您比我還差很多！」我靦腆地說。

「不能這樣說，我吹的是客家音樂，你吹的很有大自然的味道。這是我這把老骨頭不如你的！」牛大伯說。

我傻傻愣在那裡，大自然的味道？什麼是大自然的味道？難道是山風的聲音？流水的聲音？蟲鳴的聲音？百鳥的聲音？還有水中魚的聲音？

我不明白，但是，我還是堅持每天吹著樹葉。一路走著一路吹著，面對山嶺的一花一草、一磚一瓦，用力吹著。

「一山，你掉東西了！」一位奶奶笑著把我攔下來。我回過頭去，沒掉東西啊？

奶奶笑得更加大聲：「這孩子，你掉了一路的歌聲！」

我恍然大悟，摸著頭跟著她傻傻笑了起來。

最近，學校的音樂老師和樂隊的幾位老人創作了一首歌曲——《溪之戀》，我們排練了三天就滾瓜爛熟了。

歌曲是模仿《九連環》的調子創作的，歌詞很短，總共就幾句。

牛大伯說，譜寫這首曲子，就是要讓遍布各地的人傳唱。山嶺是他們的根，大樟樹是他們的靈魂，溪是他們身上奔騰的血液！

是啊，老人們的孩子都在外頭打拼，孩子永遠是老人的牽掛，山嶺何曾不是遊子們的牽掛？

這首曲子選在大樟樹下首演。學校的音樂老師在彩排的時候選我為樂隊指揮，對我加強培訓。四二拍的曲調輕鬆明朗，我一學就會。

十月初一的傍晚，牛大伯敲響了掛在大樟樹上的老銅鐘。我們早早地吃過晚飯，樂隊的爺爺們盛裝，少年樂隊的同學們也穿著整齊的演出服，都來到了大樟樹下。

掛在大樟樹上的景觀燈依序亮起，村民們端著小板凳從家家戶戶會集到大樟樹底下。

七點半，牛大伯示意演出開始，主持的音樂老師解說了歌詞。隨後在我的指揮下，各樂器嫻熟地演奏起了這首簡明抒情的《溪之戀》，少年樂隊的同學們用童聲集體演唱。

歌曲一遍接著一遍演奏，孩子們飽含深情的演唱，讓美妙的歌聲隨著飄蕩的雲朵飄向遠方，飄進遠方遊子的心田。

演奏結束後，圍觀的人群久久不肯離去，有不少老人竟然當眾抹起了眼淚。而我一連好幾天都用樹葉吹奏著這首簡單樸素的曲子。在我看來，這首曲子是最最美妙的。

▶雜技班

一天，文化局長來到我們山嶺。他說在網路上聽了《溪之戀》這支曲子，感覺非常好，準備選送到市里參加今年的文化藝術節。

他還帶來了一個好消息：有一個專業雜技班要來我們山嶺演出了。

聽福奶奶說，早些年，經常會有來自各地的雜技班來村裡演出，向村民們要一些米麵，再要一點零錢，一個村一個村巡演，直到歲末才會離開。

「這次來的雜技班是政府請來的，為大家進 公益演出！」

林局長對牛大伯說：「牛大伯，到時候麻煩村裡配合一下，雜技班可能會待好幾天，關照一下他們的吃飯住宿。」

我們這樣的村莊，一年到頭面對田野青山，對外來的戲班還是非常歡迎。

我把雜技班要來我們山嶺演出的消息帶到學校，整座校園一下子熱鬧起來，大家圍著我問這問那，好像我就是戲班裡的一員。

要來的雜技班有一個響亮的名字，叫「醉玲瓏戲團」，聽說帶隊的女教練藝名就叫「醉玲瓏」。

醉玲瓏戲團是坐著一輛舊中巴來的，老舊的中巴 車兩側很藝術的「醉玲瓏戲團」幾個大字格外醒目。上面還留了聯絡人的名字和電話，聯絡人果然是醉玲瓏。

醉玲瓏是個四十多歲的阿姨，紮一個馬尾，穿一套黑色的練功服，身材勻稱，看起來很幹練。隨團還有一個男教練，大家叫他朱老師。朱老師不到三十歲，身體強健，但是一臉傲氣，從來沒有一絲笑容。

醉玲瓏戲團除了兩位老師，還有兩個大姐 姐，七八個十幾歲的哥哥姐姐。我一下盯住了跟醉玲瓏最親密的一個小男孩，比我大不了多少，很靦腆的那種。

戲團被安排到大樟樹附近，原來的老電影院裡邊，離我家很近，不到一百公尺的樣子。

最先認識的，當然是那個比我稍大一點的男孩，他叫平安，他說他十二歲，是戲團裡的老團員了。

「我是醉玲瓏媽媽最早招進來的！」平安自豪地說。

看我不相信的樣子，他又補充說：「那時候還沒 有戲團呢，總共就我們兩個人。」

「醉玲瓏是你媽媽嗎？其他人都比你大，你反而是元老？」我非常好奇。

「我是孤兒，是醉玲瓏媽媽收養的我。那時候她剛剛離了婚，她到孤兒院來認領孩子，一下就看上了我，後來我就做了她的孩子。我們開始招兵買馬，漸漸就有了現在的醉玲瓏戲團。」平安吞吞吐吐地說著。我雖然沒太聽明白，但總算知道了一些來龍去脈。

我心裡還有疑問，於是又問平安：「你們那麼多孩子，怎麼可以不用去學校上學呢？」

平安笑了一下，有點調皮地說：「我們才不去學校呢，哪個小孩子不羨慕我們啊？」看來想在平安身上得到答案也不是那麼容易的。

老禮堂有個用磚塊、黃泥疊起來的舞台。戲團的教練、學員一來就把舞台收拾乾淨，各種訓練器材也搬進來了。

正面的牆上掛出來一條褪色的橫幅，上面寫著：自己練的功夫別人是拿不走的！

他們開始訓練了，我和牛丁幾個人坐在台下看著他們，果真個個身手不凡！只見他們很隨意地劈腿、壓腿、空翻。平安最喜歡玩的是高空走鋼絲，他還能在鋼絲上騎單輪車，至於帽子戲、疊羅漢更不用說。他們可以在半個小時裡不停地翻跟斗，一圈圈輪流前空翻不停歇，每個人都像有用不完的力氣。

到了傍晚，他們自己在後台的屋簷下做飯。我怯怯地走過去，試著問醉玲瓏：「能不能把平安請到我家裡做客？」

醉玲瓏笑起來真好看，她彎下腰來，摸著我的腦袋問：「你叫什麼名字呀？說說為什麼要把平安請到你家裡去？」

我的膽子也大了起來：「阿姨，我叫牛一山，我和平安已經是朋友了。我想讓我的兩個奶奶做好吃的給他吃！」

「你怎麼會有兩個奶奶呢？」醉玲瓏也好奇了。

「一個是我爸爸的媽媽，福奶奶。另一個是我們村的五保戶李奶奶，去年她家的房子被燒了，福奶奶把她接過來，她現在也住在我們家！」我如實回答。

「好有愛的家庭，好，平安就交給你了。記得吃完飯把他送回來！」醉玲瓏爽快地答應了。

我拉著平安的手回到家裡，見過兩位奶奶。奶奶們很高興，說要做好吃的給平安吃。

看看時間尚早，我帶著平安到處晃晃。先去了菜園和小花台，再來到百花台，又來到大樟樹下，等到碼頭的時候，天已經黑了。

看著眼前靜謐的翡翠灣，我真想划著我的紅月牙，帶著平安轉兩圈。可是天色已晚，我只好跟平安簡單講講我的紅月牙和翡翠灣的故事。

平安側耳傾聽，眼睛裡裝滿了好奇和羨慕。

回到家裡，兩位奶奶端出雞蛋麵和糕點，還有一鍋鮮菇鯽魚湯。雖說這些菜肴對我們來說是家常小菜，但平安睜著大大的眼睛，一臉驚喜。

他有些靦腆，還很斯文，學著我的樣子輕輕地咬，慢慢地品，然後開始大快朵頤，一臉很享受的表情。

吃完飯，平安遲遲沒有下桌，他看著吃剩的雞蛋麵糕點，好像要看透裡面的成分。

我簡單地向他介紹：雞蛋麵是雞蛋和地瓜粉做的。他指著糕好奇地問：「像這樣中間高高鼓起來，這兩個半圓是怎樣黏在一起的呢？」

他這樣一問，兩個奶奶和我都忍不住大笑起來，看他難為情的樣子，我們才止住笑。

我說：「這可不是黏在一起的，是油鍋的力量。」

福奶奶讓我把吃剩的雞蛋麵、燈盞糕裝好，送給醉玲瓏。

陪著平安回去的時候，他興奮極了：「這山嶺的一切真是太奇妙了！好看、好吃、好玩，一切都是謎！」

醉玲瓏吃著雞蛋麵，連說好吃，我看到平安一臉幸福的樣子，我笑著忍住了。

▶葉笛對口技

一連好幾天，只要一有空，我和平安都會在一起。平安是個孤兒，他心裡有無窮無盡的故事。他說孤兒院也是個好玩的地方，許許多多的孩子在一起，就像兄弟姐妹一樣。誰過生日了（被收養的日子就是他們的生日），誰得獎了，都是高興的事情，許多孩子聚在一起為他慶祝。誰生病了，誰受委屈了，大家也會圍在一起陪伴他、安慰他。孤兒院的劉阿姨就是他們的媽媽，媽媽大多數時候都跟他們在一起，一起住、一起玩、一起吃飯，一起度過快樂、傷心的時光。

有一次，平安看到電視上的親子活動，不由得想起了沒有任何印象的媽媽，淚水止不住流。這時候綽號「沒心肺」的劉志震正要找他玩，看他流淚的樣子，笑他像個娘娘腔，前世一定是個被人欺負的壞女孩。平安聽了非常惱火，兩個人打了起來，從廳子打到大院，又從院子滾到池塘裡。

這時候，劉阿姨從外面回來，看他們跳到池塘裡，要把他們分開。岸上圍觀的人越來越多，有人看到劉阿姨倒在池塘裡掙扎，連忙跳下來把她拉上岸。平安他們看到劉阿姨躺在屋裡，才停止了打鬥。

原來，劉阿姨剛剛生了一場病，還沒有痊癒，現在又受了一番折磨，病情加重了。

院長把劉阿姨送到醫院，劉阿姨發高燒了，在醫院裡住了三天才出院。劉阿姨住院期間，平安和劉志震忐忑不安，一起商量該為劉阿姨做些什麼。他們決定把孤兒院的裡裡外外清掃乾淨，等待劉阿姨回來。這幾天，兩個人竟然成了無話不談的好朋友。劉阿姨出院後，看到兩個懂事的孩子，原諒了他們。後來，平安離開孤兒院的時候，哭得最傷心的就是劉志震了。直到現在，他們還有聯繫，彼此都牽掛著對方。

平安的故事只有屬於他們的世界裡才會發生。我每天都會問醉玲瓏什麼時候可以演出。

醉玲瓏說：「得排練幾天呢！」

週日天氣很好，戲團剛好放假，我邀平安一起進山，他毫不猶豫答應了。

自從第一次進山以後，我深深體會到了進山是件很辛苦的事，汗流浹背、腳底磨破了血泡，都是家常便飯。萬一下大雨了，斜斜、密密的交織在山谷裡，人們就只能蹲在岩石下，看著眼前的水簾發呆。

再說，謎一樣的大山，危險無處不在。毒蛇、蠍子、大黃蜂，甚至還有一碰就渾身發癢的樹葉。好在有牛思林爺爺，他總是走在我的前面，一發現危險情況，馬上提前示警。

漸漸地，我也成了大山的孩子。我把進山當作一種樂趣。特別是那許多好吃的野果，偶爾帶回家的野蘑菇、草藥，不但改善了伙食，還能幫助不少生病的鄰居。

全村人都認可我這個義務保育人員了，就像對待真正的保育人員一樣，打從心底尊重我。

「一山這孩子，有孝心，將來大有出息！」

「一山能吃苦，少年老成啊！」

「是福妹的家風好啊！」

「壽秀嬸好福氣啊！」

我和牛思林爺爺帶著平安一起進山，平安對一切都感到新鮮，有無數的為什麼，一句接著一句地問我。坐在水庫的大壩上，我隨手摘了一片樹葉吹起來。葉笛悠揚的歌聲在山谷裡回蕩，樹上的鳥兒、松鼠，水中的魚兒，甚至天上的雲朵，似乎都停下來，聆聽從我的嘴裡飛出的悅耳歌聲。

我一連吹奏了好幾曲，看牛思林爺爺微笑著點了點頭，平安一臉陶醉的樣子，我心裡很高興。

我的歌聲停了，這時水庫岸上的樹林裡，傳來了嘰嘰喳喳的鳥叫聲。平安嘴巴輕輕一張一合，跟鳥兒叫聲幾乎一模一樣的聲音從他的嘴裡飛出來。

牛思林爺爺和我詫異極了。看來，平安不光會演雜技，他的模仿功夫也十分厲害。

果然，我說什麼，他就可以模仿什麼——學牛叫、學狗吠、學貓叫、學雞鳴……學風吹樹葉、學高山流水……學蟬鳴、學蟋蟀……學波濤洶湧、學萬馬奔騰……幾乎沒有什麼可以難倒他。

我好奇地問：「平安，你這技巧是從哪裡學來的？」

「跟著醉玲瓏媽媽學的，她是口技專家，看我學得不錯，就傳一兩句給我！」平安得意地說。

「口技？什麼是口技？」我疑惑地問。

「我也不太懂，反正只要一張口，什麼聲音都可以模仿！」他搔搔腦袋回答。

葉笛對口技

我一曲葉笛，他一段口技，兩個人輪流著一路演奏，牛思林爺爺跟在我們後邊，一路呵呵地笑。

我們的規定動作是打枯枝、捆綁好，再登高望遠，欣賞這大自然的神奇：樹葉的顏色越來越豐富了，有些樹掉光了葉子，等待過冬。

回家的時候，依然是一路歌聲，伴隨著溪流、山風，我們都沒有感覺到身上的枯枝有多麼沉重。

回到家裡，我讓牛思林爺爺和平安留下來吃飯。吃過午飯，我送平安回去。醉玲瓏和朱老師正坐在舞台上，講解訓練要點。看我們進來，醉玲瓏宣布原地休息。

我立刻拉住醉玲瓏，把她叫到一邊，讓她教我口技。

「會吹口哨嗎？」醉玲瓏問我。

「會！」我立刻吹了幾支曲子。

「還不錯，有基礎！」醉玲瓏拍拍我的肩膀。

「學習口技呀，最重要的是掌握氣息，這個要有天賦的！」

我似懂非懂，眼睛一眨不眨地看著醉玲瓏的嘴巴。只見她神態自若，嘴巴輕輕巧巧地張開，一首《百鳥朝鳳》從她那神奇的嘴巴裡飛出來：先是不同的鳥鳴，我感覺自己就置身於大自然之中，這個枝頭一隻喜鵲，那個枝頭一隻八哥，還有布穀鳥、斑鳩……接著，這些鳥兒互相呼應，場面漸漸熱鬧起來……再接著嘰嘰喳喳，好像在開會，七嘴八舌地都要表達自己的意見……一時間，整個樹林熱鬧起來了。

鳥鳴戛然而止，周圍一下子靜了下來。我從沉醉中醒來，忍不住鼓掌。

我一定要學口技！我在心裡默默地說。平安走過來抱住醉玲瓏，生怕被我搶走似的。

▶期待一場演出

天高氣爽，萬里無雲。山嶺在藍天白雲下一片靜謐，江河在村前流過，村中間還有一個碧綠的翡翠灣。高腳屋的倒影在翡翠灣的水面搖曳，我的紅月牙也隨著水波蕩漾。

醉玲瓏戲團都來了四五天了，每天只看到他們在舞台上翻滾，卻遲遲沒有宣布演出時間。一次，我看到朱老師迎面走來，連忙過去打招呼。

他仰了仰頭，傲氣地說：「我發現你們山裡人沒什麼素養，為你們演出怕是埋沒了藝術！」

我有點吃驚，連忙問他：「什麼埋沒了藝術？」

朱老師還是一臉傲氣地說：「你知道什麼叫夜郎自大嗎？知道什麼叫井底之蛙嗎？我看你們村的老人們就是夜郎自大、井底之蛙。演出的時候，我要讓你們知道什麼叫作真正的藝術！土包子！」

說完，他用鄙視的眼神看了我一眼，挺著胸膛走了。我氣急了，跑到牛大伯家裡告狀，牛大伯安慰我：

「別理他們，是我過去警告了他們，我讓他們把真正的藝術展現出來，別被我們的音樂冠軍隊給比下去了！」

原來他們排練的時候，牛大伯看不過去，說了他們幾句。朱老師心胸狹窄，記在心裡了。

我沒有再去找朱老師，想想那是大人們的事情，我別淌渾水了。

期待演出的日子，我和牛丁照例早晚巡邏，打撈漂浮在水面上的白色垃圾。當然，我們還一樣在小花台唱歌、講故事，偶爾也會到百花台唱歌、講故事。

我依然早晨放網、傍晚收網。鮮美的河魚，是我們家從不間斷的菜肴。

我們中午上學的時候都愛到禮堂看看。這時候的演員們是不休息的，他們練習踩高蹺、練習空中飛人、鋼絲騎車、軟骨功、武打、口技……賣力排練著。朱老師揮著手，在舞台後方指揮。

醉玲瓏站在台上，手裡拿著口哨，不時吹一下，用手一指，指到誰誰就該重來。

看得出來，醉玲瓏對平安格外寬鬆。平安在鋼絲上自由往來，或徒手或騎車，或回到舞台上，繞著舞台練空翻，玩得十分嫻熟。

我總是在他們休息的空隙，纏著平安教授我口技。平安是在醉玲瓏的授權下接受這個任務的，他也樂得為人師，因為他怕醉玲瓏收我為徒。

為什麼他會擔心醉玲瓏教授我口技呢?他不說，我也不問，反正有人教我就行。

一次，我和平安坐在舞台上練口技，不經意看見後台有兩個人緊緊抱在一起。我仔細一看，一個是朱老師，另一個是漂亮姐姐……我大聲咳嗽一聲，拉著平安拔腿就跑。

來到大樟樹下，平安捂著嘴笑了：

「朱老師他們談戀愛呢，你怎麼壞人好事呀！」

「朱老師不是好人！」我憤憤地說。

看著靜靜的翡翠灣，我拉著平安坐上了紅月牙。他是一隻旱鴨子，小船稍微顛簸一下，他就緊張地抓住船舷，一臉恐懼。

他看我駕駛小船的動作優美、技術嫻熟，又看我時不時收起一張漁網，摘下幾隻被網掛住的小魚，一臉驚羨。看他那樣，我故意賣弄起來，一下快速駕駛小船，來一個急轉彎，一下把小船對準岸邊的一棵柳樹直直衝過去，臨近了再甩一下船尾，拖著長長的水浪，濺起陣陣水花。他趴在船艙裡，屁股朝天，雙手緊緊抓住橫梁，不斷求饒。

我朝遠處望去，南流的江面開闊，水浪翻滾，計上心來。我把船槳收起，拿下夾在船舷暗槽的竹篙，用力在岸上一推，小船像離弦的箭一樣，離開翡翠灣，沿著交匯口來到了江。

深秋的江水並不湍急，有些地方河床裸露，露出尖尖的礁石一角。秋風習習，太陽就要下山了，陣陣涼意襲來，我忍不住顫抖一下，倒吸了一口涼氣。

「回去吧！一山，我要回去了！」

平安像是央求，又像是生氣的樣子。看著身後的翡翠灣、高腳屋，我也感到玩笑開大了。於是，我把竹篙用力往江底插去，可是水太深，竹篙碰不到，一點也沒力氣。我連忙掛好竹篙，拿起船槳。這時候，一個浪頭打來，小船一個旋轉，斜斜地往下打轉。一塊裸露的礁石擋在前方，我看準礁石，把船槳頂過去，想把小船別開，可是船槳一滑，我失去了重心，一頭栽了過去，只感覺一陣疼痛，整個人滑進河裡，很快就被水包圍了。

只聽見平安一聲尖叫，我連忙憋一口氣，手腳並用，很快浮出了水面。平安雙手趴在礁石上，很狼狽地看著我。小船從礁石旁緩緩地向我漂來。我用力游過去，從側面拉住 小船。還好，小船沒有被掀翻，只是船頭被撞壞了，留下一個難看的洞口。

我爬上礁石，用繩子固定住小船，爬進船艙，再把平安拉上來。我的衣服褲子全濕了，水嘩啦啦往下流。我解開繩子，滑動著船槳，往翡翠灣的方向吃力地划去。

涼風一吹，我感覺頭暈目眩，再看看平安，一臉驚恐，顯然還心有餘悸。

「你是怎麼爬到礁石上的？」我看到他只有鞋子和褲子濕了，衣服卻還是乾燥的，好奇地問。

「小船搖搖晃晃的，我只好輕輕跳起，可是礁石上太小了，又到處是稜角，我站不穩，腳下一滑，下半身入水了。幸好還被我抓住了礁石。」平安搖了搖頭，一臉不爽。

「你流血了！」平安指著我的腦袋大聲喊叫，我順手一抹，果然全是鮮血，想必是栽進水裡的時候腦袋撞到什麼東西了，難怪一陣疼痛。

平安拿出一方手帕，幫我把傷口包住。我有點沮喪，原本只想惡作劇，想不到樂極生悲，真不知道回到家裡該如何跟兩個奶奶交代！

▶ 演出終於開始了

福奶奶一邊數落，一邊幫我剪去傷口邊的頭髮，幫我塗了碘酒，撒上藥粉，再用乾淨的紗布固定。

平安在一旁幫我開脫：「奶奶，都怪我一時好奇，非要到大河裡看看，想不到一山為了我受了傷……」

「這孩子我知道，就是愛炫耀，生怕人家不知道他的駕駛技術好、游泳能力強，吃到苦頭了吧？」福奶奶不依不饒。

「真的不是，就是我這旱鴨子，一見水就激動……」平安怕我挨罵，又接著說。

我洗了澡，換了衣服。平安也換上了我的褲子、鞋子，還挺合身的。

福奶奶給我和平安一人一碗熱薑湯，喝下薑湯，一股暖流從胃裡升起來，身上終於有了溫暖的感覺。

「好了好了，鮮湯做好了，快點趁熱吃，暖暖身子！」李奶奶端出一大盆熱氣騰騰的雞蛋麵湯。

以為會有一場暴風雨，看著兩位奶奶責備和慈愛的目光，我暗自鬆了口氣，埋頭吃起了美味的湯。

期待中的演出終於要來了。這天一早，我在大樟樹下看到了演出預告，好幾家店門口也貼出了同樣的預告：醉玲瓏戲團走進老區慰問演出，音樂冠軍隊連袂出演。時間就在第二天晚上七點，地點正是大禮堂。

第二天是週六。一大早我就加入了音樂彩排。我頭上的紗布已經拿掉了，但是被剪掉頭髮的一塊還上了藥，看起來很滑稽。

一群爺爺看到我頭上的傷口都笑我。

演出終於開始了

「一山，什麼時候練鐵頭功了？」

「一山，估計你也要上台玩雜技吧？」

「一山，你這髮型誰理的呀？不怎樣嘛！」

他們越說我越難為情，真是無地自容。

整個下午，掛在大樟 樹上的 高音喇叭在一 遍接一遍地預告：走過路過，今天晚上的精彩演出不容錯過……

吃完晚飯，我們早早來到禮堂。禮堂正面掛出了幾重布幔，正中的牆上掛著一條橫幅：醉玲瓏戲團走進老區慰問演出。

開場音樂響起。林局長帶著一幫人坐在了前排的中間，我們小孩子竄來竄去，哪裡看著舒服就坐在哪裡。偌大的禮堂觀眾稀稀疏疏，還包括來自鄰村的客人。

「唉，從前這個禮堂場場爆滿，哪裡像現在，連家裡的豬狗都牽出來，也坐不滿半個禮堂……」福奶奶歎著氣說。

「誰說不是？小孩子坐在舞台前面，站在窗台上，或者你追我趕跑來跑去，那個場面多熱鬧啊！」李奶奶附和著。

七點一刻，主持人姐姐穿著刺眼的金黃色衣服出場，她的衣服綴滿了無數顆鑽石一樣的裝飾，隨著走動閃閃發光，這人正是跟朱老師談戀愛的那個漂亮姐姐。另外一個男主持人就是朱老師了。

「一個蘊滿鄉愁的山寨！」姐姐說。

「離山河很近，離藝術很遠！」朱老師說。

「一個點綴在綠色海洋中的寶石！」姐姐說。

「一個奶奶口中古老的神話！」朱老師說。

開場是六個哥哥姐姐的空手翻跟斗，平安穿著演出服第一個出場，只見他們像小猴子似的不停地繞著舞台翻著跟斗，舞台一角，樂隊的伴奏緊鑼密鼓，非常熱鬧。

第二個節目是軟骨功。一個身材苗條的姐姐把自己揉成一個小球，鑽過一個小鋼圈，我們看得連大氣都不敢出。

第三個節目是空中飛人。一對哥哥姐姐在空中飛來飛去，還不時地朝著我們做鬼臉。

接下來是騎車走鋼絲。這是平安的拿手好戲，我們已經看過多次了。不過，今天加了幾個驚險動作，平安在自行車上表演了口技和丟飛鏢，單車走在鋼絲上如履平地。

換樂隊出場了，我作為笛子手一起登台演出，高潮部分是《溪之戀》。我看到台下不少老人用手擦拭著眼睛，被我們的曲子感動了。

我們依序下台，朱老師從後台走出來，他晃了晃腦袋，拿著麥克風邊走邊說：「樂隊果然名不虛傳……演員們老的老、小的小，這個姑且不說，拖拖拉拉、稀鬆平常，好幾個地方還走調……如果你們看過西方樂隊的震撼演出，就會感覺到自己是井底之蛙了……」

台下一陣騷動，朱老師的一番點評，引起了大家的不滿。

醉玲瓏隨後登台致歉，大家紛紛散場，演出結束了。第二天一大早，醉玲瓏戲團離開山嶺，全村的老人孩子還是在大樟樹下揮手送行。平安塞給我一張紙條，裡面寫了一句話：牛一山，你是我的好兄弟！上面還寫了他的聯繫地址和電話。看著巴士遠去，我的心裡空蕩蕩的。

小村裡來了雜技班

十月半，豐收節

▶爸爸媽媽的好消息

天上的月亮越來越圓，十月半越來越近了。

十月半是我們山嶺的一個大節日，叫豐收節。這一天，家家戶戶都要吃鴨子、打年糕。離家近的大人們也都會回來參加一年一度的慶豐收盛會。

還沒到十月半，媽媽就打來電話，問我要帶些什麼回來。

我想到李奶奶的眼睛老是看不見東西，跟媽媽說了，她說知道了。

十月十四傍晚，爸爸和媽媽都回來了。爸爸開著那輛二手廂型車，穩穩停在家門口。我從菜園裡飛也似的跑回家。媽媽摸了摸我的腦袋，比了比身高，高興地說：

「一山，長高了不少，想媽媽了沒？」

我大聲說：「想，連做夢都想！」

爸爸媽媽還是大包小包的，兩個奶奶的禮物、我的禮物，還有一些補品、日用品。

媽媽還特地幫李奶奶帶回來一副老花鏡、一瓶眼藥水。李奶奶試著戴了下眼鏡，奇了，她說山嶺的天空怎麼跟水洗了一樣瓦藍，我們大家都被李奶奶的話逗樂了。

吃完晚飯，我們開了家庭會議。福奶奶為每人沏了一大杯茶，抓了好幾把花生。

爸爸首先發言：「兩位老媽媽，一山，這幾年我們倆常年在外打拼，家裡真是多虧你們了！」

老爸的開場白每次都一樣，我知道今天有更重要的事情。

李奶奶喝了一口茶，看了大家一眼：「我老婆子何德何能，能夠得到你們一大家的愛護，我知足了！」

福奶奶握住李奶奶的手，搖了搖：「老嫂子，要說有福呀，該是我們大家都有福。如今日子好過了，我們健健康康、開開心心，就是最大的福分啊！」

媽媽接過話說：「還真是這樣，這幾年平平安安的，我們在外面心裡才踏實啊！」

爸爸笑了笑：「今天，有個好消息跟大家說。」

他故意停下話看了看大家，接著說：「我們家在城裡買了一間二手房，現在裝

十月半，豐收節

修好了，下個月我們要搬進新房子，我們在城裡總算有個窩了！」

兩個奶奶對視一眼笑了，我連忙拍手叫好。

福奶奶笑著說：「阿皓，你們兩人省吃儉用，都是為了這個家，如今在城裡買了房子，要是你父親泉下有知，該感到欣慰了！想當年，看著你們兩個飯也吃不飽，衣服也穿不暖，如今住了城裡的房子了，真的要感謝政府！」

爸爸看著奶奶，孩子般笑了：「媽，你又在回憶過去啊？」

李奶奶接過話：「我們終於過上好日子了！」

爸爸說：「我今天不但要跟大家同樂，還想跟你們商量一件事！」

我看他們你一句我一句的，搶著說：「老爸，有 話就說，我快等得不耐煩啦！」

爸爸忍住笑說：「你這孩子，這麼猴急！是這樣，我們商量好了，要把你們三個都接到城裡居住，你們看看好不好？」

爸爸的話一出口，兩個奶奶都收了笑容，我也不知該說什麼了。搬到城裡去住是我的願望，可是真正要離開這裡，那是一萬個捨不得。山嶺的翡翠灣、櫻花茶園已經越來越美了。我捨不得我的紅月牙，捨不得我的小花台，還有李奶奶的百花台，也捨不得我們學校的少年樂隊……

▶ 兩個奶奶的主意

李奶奶看著福奶奶，等著她出主意。

福奶奶也看著李奶奶，這個時候，她心裡估計也在掙扎。過了一下，她動情地說：「我和老嫂子走不了啊，地裡種了糧食蔬菜，家裡養了肥豬雞鴨，還有一個老年活動中心要打理。再說了，你爸爸墳頭的草，我時不時要過去拔掉，這山上的茶樹，天上的飛鳥，哪一樣都不會同意我們離開！」

媽媽也許早就猜出了福奶奶的心思，說：「媽，要不這樣，您和壽秀嬸先上城裡住一段時間，習慣了就長住，不習慣再回來！」

李奶奶接過話：「我看這樣，福妹子隨你們去住，家裡我顧。你呢，也別白費了孩子們的孝心，想壽秀老嫂子了就回來，兩邊都不耽誤。」

福奶奶連忙搖頭：「不行不行，接你過來那天我就說了，我們是不分開的，我怎麼能丟下你一個人不管呢？」

李奶奶說：「我現在身子骨硬朗著呢，你也別太擔心我會寂寞，我們最不缺的就是老太太。」

福奶奶還是搖了搖頭，李奶奶拉住她的手說：「你呀，兩邊都牽掛，那就兩頭跑，什麼都不耽誤。」

媽媽笑了笑：「我看這樣好了，搬到新房子的時候，兩個媽媽都來住兩天，往後你們商量，千萬別跟我們客氣，這樣好不好？」

兩個奶奶終於都點頭了。

爸爸看著我說：「現在就是一山讀書的問題。我們到社區打聽了，一山的戶口得先遷過去，我和他媽媽的戶口遷一個就行，這樣孩子讀書不耽誤。」

我不知道說什麼才好，嘟嘟囔囔說：「可是……我的小木船……我的小花台……我的樂隊……怎麼辦呀？」

「什麼怎麼辦呀？鍾佳宸說了，你要的東西，城裡都有！」媽媽想要安慰我。

「我不信，城裡都有？有翡翠灣嗎？有櫻花茶園嗎？有高腳屋嗎？有一模一樣的大樟樹嗎？」我大聲喊道。

「可是，城裡有公園，有美麗的校園，有圖書館，有兒童樂園……我們為了什麼？看著你一天天長大，看別人家的孩子上好的學校，我們也會羨慕！」爸爸摟著我，摸著我的腦袋安慰我。

其實我什麼都懂。難道我不想去城裡嗎？不想跟鍾佳宸上一個學校嗎？我連做夢都想。

爸爸媽媽也知道我，要離開山嶺，就好像孩子要斷奶一樣，必須經過一段時間才行。

我要跟著爸爸媽媽搬到城裡去了，是不是意味著，這個十月半是我在山嶺過的最後一個十月半了？想到這裡，我一個晚上都沒有睡著。

我想，每天早晚的環保督察巡邏，我走了以後，牛丁肯定是不行的。牛汀州他們呢？誰能接我的班？

我想，小花台上會不會因為沒人光顧，長出一層層厚厚的青苔？

我想，我們學校的少年樂隊，能不能越來越好？

我想，牛紫萱會不會也跟著爸媽離開山嶺？

我想，以後週末就不能跟著牛思林爺爺一起進山了，不能做義務保育人員了，不能打枯枝了……以後，我們家的煙囪還能冒煙嗎？兩個奶奶還能吃到有灶火味的飯菜嗎？

我想，以後不能每天放網、收網了，兩個奶奶就不能吃到美味的河魚了，她們的身子骨還能一直硬朗嗎？

我想……越想越多，頭腦越來越清醒，我第一次失眠了。

▶全村彌漫著年糕的香味

十月半，豐收節，吃番鴨，打年糕。這是我們一年最後一個盛大的節日。全村人像過年一樣熱鬧，家家吃番鴨，戶戶客人來。這一天唱戲、吊傀儡，新糯米做出香噴噴的年糕。這一天，整個山嶺都彌漫著年糕的香味。

一大早，我和牛丁下河巡邏，看著傷痕累累的紅月牙，我心裡一陣難過，羞愧地紅了臉。說實話，這艘小船已經陪伴我好多年了，我和它幾乎每天都在一起，早就結下了深厚的感情。這一次我卻讓它受傷了！

吃過早飯，樂隊在大樟樹下擺好樂器，響起鼓板。我也被安排參加演出，先是笛子演奏，後來牛大伯吹笛子，我卻吹起了樹葉。我很喜歡葉笛，自由隨性。看到圍觀的人越來越多，我吹得越來越興奮。

十一點收兵，因為各家各戶的客人基本上都來了，戲台上開始演戲、傀儡戲，

全村彌漫著年糕的香味

各家各戶忙著準備白斬大番鴨和各式年糕。

既然是豐收節，年糕肯定是重頭戲。先是提前碾好新糯米，前天晚上睡覺前用水泡好，早飯後，用大飯鍋裝上泡好的糯米，用清水一遍又一遍澆透，再上鍋蒸熟。等到糯米飯的香味四散飄飛，打開飯鍋蓋，抓一把熱氣騰騰的糯米飯嘗一口，滿嘴巴糯糯的，那就是蒸好了。這時，力氣大的就會端起飯鍋，來到一口洗淨的大石臼旁，把糯米飯倒進石臼，兩個力氣大的漢子一人持一柄木槌，輪番捶打倒進石臼的糯米飯。一個婦女蹲在旁邊，端一盆清水，木槌每捶打一下，婦女就會把清水抹在木槌上，免得沾上糯米飯，影響下一次捶打。直到糯米飯被打爛，完全糅合在一起了。接下來就是巧婦出場了，她們把打爛的糯米飯揉成一個個小團，用手掌壓實就成了一個個年糕。

年糕的吃法很多，由於原本只有米香味，加上白糖，就是甜年糕；加上鹽炒花生黃豆末，就是鹹年糕。有人喜歡沾點蘸料，吃法又各不相同。還有人把年糕下鍋煎成一個個酥餅，風味又不一樣。一樣的年糕十幾樣吃法，這就是豐收節。

大白番鴨也是十月半的重頭戲。家家戶戶早早準備了一隻、兩隻大白番鴨，前一天晚上就用鴨籠裝好。客人多的抓兩隻，選分量重的；客人少的就抓一隻，

十月半，豐收節

但是分量不能輕，要最大的。

這天一早天剛濛濛亮，每家的男人就會把菜刀磨得鋒利，提著鴨籠到水口山邊的樹下，焚香點燭，祈求家庭平安，然後拎出大番鴨，向著神像手起刀落，瞬間血灑石碑。再把大番鴨提回家裡，放進大腳盆，把滾燙的開水加進去，拔毛、開膛、處理內臟，一氣呵成。十點多，大番鴨在大鍋湯裡煮熟了，由家庭主婦裝在瓷盤，放進香籃，帶上香燭，再次供奉神明。這時候樹前就會擺放好一排排八仙桌，一隻隻肥滋滋、尾巴翹高高、煮熟的鴨子來開會了。誰家的鴨子大，誰家的小，誰家的肥，誰家的瘦，誰家的外皮金黃，一目了然，會不會當家，當然要評頭論足一番。

誰家的孩子若是在大樟樹下取名字，自然也要提著大番鴨，到大樟樹下擺下香案，感謝樹神。

熱熱鬧鬧的人群打著招呼，來來去去，滿臉喜氣洋洋。

中午，每家每戶都有年糕、番鴨、糯米酒、油豆腐、白豆腐、大豬腳、魚湯……家家戶戶高朋滿座，猜拳行令此起彼伏……

下午接著看戲，晚飯後客人漸漸散去。第二天一早，回家的男人女人繼續出外工作，一年一度的十月半就過去了。

▶校園文化節

山嶺又安靜下來，就好像天上閃爍的星星，沒有一絲喧嘩。落葉的梧桐樹已經光禿禿的了，長長的枝杈直指藍天。

五指山上，楓樹的葉子火紅的分外醒目。櫻花茶園遠遠望去一片墨綠。老年活動中心門前的百花台，菊花、茶花競相綻放，周圍的梅樹長出了尖尖的嫩芽，小小的花蕊含苞待放。

週一升旗儀式的時候，楊校長宣布：本週是校園文化週，星期五是校園文化節，各班準備一個文藝節目，少年樂隊要演出。

校長的一席話，讓各班立即行動。我們班有六個人，全員參與，表演話劇。受鍾老師的吩咐，我成了這個節目的「導演」，什麼角色安排、人物造型、故事情節，道具準備……

鍾老師看了我們的創意完全贊同。他說：「你們這樣改編，既沒有改變原來的意思，故事情節也更加豐滿，更好看！下面就看你們演得好不好了！」

十月半，豐收節

晚上，我躺在床上想：這也許是我在這最後一次參加校園文化節了，我一定要好好表現。我還沒有把要轉學的事情跟任何人說，但是在我心裡，已經開始不捨了。我不捨我的老師和同學，不捨我們校園的一草一木。

早上，是少年樂隊排練的時間，也是由我帶頭。由於我多次參加村裡的樂隊演出，算是比較有演出經驗了。我把演出的曲目做了編排，壓軸的依然是那首《溪之戀》。想到自己也要成為溪的遊子，心裡更有感觸了，所以排練起來也更有動力。

我是笛手，但我更喜歡穿插葉笛，還有剛學一點的口技，這樣在過場的時候，我就用樹葉演奏，或者乾脆用口技代替樂器。同學們都感到很新奇，排練的時候充滿了歡聲笑語。

傍晚，我們把桌子四面排開，中間空出來排練話劇，各個人物的衣服就找家裡爺爺奶奶的客家服飾。

根據情節需要，我們不斷增減內容，既是為了節目更好看，也是為了演出的時候不至於太麻煩。三四天的排練時間，考驗的是我們的悟性和技巧。我把在平安那裡學來的一些動作、表情也融入節目中，雖然沒有掌握到他們的雜技技巧，但加入一點元素，節目就活潑多了。

校園文化節

星期五，學校早早布置停當，校門口、舞台周圍插滿了彩旗。家長們應邀坐在台下。我的兩個奶奶也來了，坐在第二排的中間。

主持人是兩個六年級的同學，男生叫牛峰，女生叫牛雪梅，開場是六年級的歌舞，演出鬧了一點笑話：一個女生的扇子掉了，停下來準備撿起來，後面一個男生沒刹住直接踩上去，一個要拿起來，一個往下踩，一把扇子就這樣四分五裂了。雖然老師馬上遞過一把新扇子，可那個女生始終氣鼓鼓的，就連退場的時候，她還過去踢了那個男生一腳。我站在旁邊看得真切，心裡有點不是滋味。

牛雪梅很機靈，立即圓場：「各位老師同學，沒有壞的，哪來新的？大家來點掌聲，感謝同學們的精彩表演！」

我回頭看，剛才還氣鼓鼓的那個女生，紅著臉撲哧笑了。

接下去從一年級開始，每個年級一個節目。我們四年級的話劇最受歡迎，看著觀眾很熱情，我們幾個都表現得很積極，動作誇張、語言生動，還加了不少段子，獲得了陣陣掌聲。

壓軸戲是少年樂隊的演出。我賣力表演，尤其是葉笛，把演出推到了高潮。遺憾的是，二胡手竟然把琴弦拉斷了，還好他非常鎮定，拉著「空弦」一直坐到了最後，不露聲色，真是現代版的「濫竽充數」，後來我想想還覺得非常好笑。

下午放假，我們難得放飛心情，向著五指山衝鋒。

▶壁報上的炊煙

校園還是這個校園，雖然比起市區實驗小學來說，不可相提並論——沒有跑道，沒有一幢幢嶄新的教學樓，沒有花園，沒有噴泉，甚至沒有好一點的實驗室、圖書閱覽室。但是想到快要離開了，我的心裡充滿惆悵。

藝術節過後，學校接著要辦一個新年的壁報展，沒有主題，沒有要求，由同學們自由發揮。壁報展其實就是手抄報展，同學們自己設計製作手抄報，由老師根據版面選定參展數量，再請美術老師布置在一整面的宣傳欄上，貼上裝飾，這樣就成了一面簡易的師生文化牆了。

我跟同學們議論：「沒有主題其實是最難的。不過我們擅長畫畫，畫上一些美麗的插畫，就占了很大的優勢。」

我很快選定了主題——《溪之戀》，選這個主題是因為我對《溪之戀》這首歌曲的喜愛，更是因為此時的我有更深的感觸。我不但選定了主題，而且決定裡面的

壁報上的炊煙

內容全部自己創作。

我把手抄報設計成一個圓形，四周隨機布置：菱形、三角形、正方形。所有形狀裡面都是文字內容，空間部分就是插圖了。

文字內容是五首短短的小詩：〈翡翠灣〉、〈百花台〉、〈廢墟〉、〈大樟樹〉、〈難忘炊煙〉。其實以前我也寫詩，可那是寫給自己看的，都不好意思拿出來給同學看。這次壁報展，我不知哪裡來的勇氣，心裡面充滿激情。就拿〈難忘炊煙〉來說，我字斟句酌，還真有點味道——

那是晨霧彌漫中的一縷炊煙
那是豔陽高照下的一縷炊煙
那是夕陽掩映間的一縷炊煙
那是斜風細雨中的一縷炊煙
那是我家的炊煙
他像一個調皮的孩子
從我家的煙囪裡爬出來
躲藏在山嶺的每一個角落

十月半，豐收節

我多想把這一縷炊煙
裝進我的行囊
跟隨著我的腳步 走向四面八方

插畫也難不倒我，我畫了一幅翡翠灣和小木船，一幅大樟樹和高腳屋，一幅菜園和小花台，一幅百花台，一幅五指山，底下的大圖是一幅若隱若現的櫻花茶園。

想不到我的這張手抄報被選上了，而且被張貼在整面壁報的最中間，無論從哪一個角度看，都是那麼醒目。

更想不到的是，我被楊校長叫到了辦公室，他找我談話的原因也是這張手抄報。

「一山，自從三年級以來，你的表現越來越好了！」楊校長見面就誇我，我難為情地笑了笑，他替我倒了一杯茶，示意我在他對面坐下。

「知道我找你有什麼事嗎？」楊校長單刀直入。我想我這段時間沒出什麼事呀！於是我緊張地搖了搖頭。

「哈哈別緊張，我是找你談心的。」

楊校長端起茶杯，抿了一口，我也端起茶杯，嘴唇碰了碰金黃色的茶水，太燙了，我看了一眼熱氣騰騰的茶杯，又放下。

「你跟我說實話，好嗎？」楊校長俯下身子，看著我說。

我點了點頭：「校長，您問吧！」

楊校長抿了抿嘴唇，想了想問我：

「二山，今天壁報上展出了我們學校二十個孩子的手抄報，你的那張我最滿意。我想問你，裡面的內容都是你自己寫的嗎？」

看楊校長說最滿意，我一下子輕鬆了許多。於是我點了點頭，自豪地說：「對呀，都是我自己寫的！」

他向我豎起了大拇指：「不錯，小小年紀，竟然會寫詩了，而且還真有點味道！」我心裡又一陣得意。

「可是，我從這些詩歌裡，聞到了一股味道呀！」

楊校長扮了個誇張的表情。

「什麼味道？沒有什麼味道呀！」我有點莫名其妙。

「要嘛，是你想爸爸媽媽了；要嘛，是你要離開我們學校，到外面就讀了。我猜的哪一個是對的？」楊校長看著我說。

好厲害的校長，我心裡嘀咕了一下。

「楊校長，您是怎麼知道的？」我疑惑地問。

「哈哈，被我猜對了吧？你要到哪裡就讀了吧？」楊校長又扮了個誇張的表情。

「可能……可能是實驗小學。」我囁嚅地說。

「爸爸在城裡買新房子了？」楊校長接著問。

「不是新房子，是二手房。」我連忙糾正，您也有猜不對的地方吧？

「哦一樣一樣，什麼時候搬進去住呀？」

「下個月吧！」

楊校長沉默了，喝一口水，我也沉默了，喝一口水。

「說實話，作為校長，對於優秀學生轉學，總會有千萬不捨。可是你要到更好的學校就讀，要到爸爸媽媽身邊去，總歸是好事，我祝賀你！」校長看著我，親切地說。

「楊校長，我也很捨不得……」我被校長的話打動了，眼圈一紅，忍不住流下淚來。

「我知道，情真意切，才能寫出那麼好的小詩！」

楊校長安慰我，遞給我一張紙巾。

「沒事，你走到哪裡，都是我的好學生！記住，臨走的時候過來一下，我有東西送給你！」

我站起身，楊校長拍拍我的肩膀，笑了笑：「好小子，好好學習！」

我告別楊校長，心裡面像有野馬在奔騰，眼淚四濺。

十月半，豐收節

公園旁邊我的家

▶忙碌的奶奶

從十月半開始，兩個奶奶就開始忙碌了。她們把從田地裡剛剛挖回來的地瓜按照大小分類，大的又分成兩種，漂亮的、沒有被蟲子咬過的，容易保管，就放在陰涼乾燥的土窖裡，再用乾稻草封得很嚴密。被蟲子咬過的，或者有斑點的，用草刀一根一根削好洗淨，粉碎後用密實的紗布過濾、沉澱，在田間搭起一個架子，在十月的太陽底下曬上四五天，潔白滑膩的地瓜粉就曬好了。小地瓜則被挑揀出來，洗乾淨，在鍋裡大火蒸熟，曬至六七成乾，再下鍋蒸一次，再曬乾，甜膩柔軟的地瓜乾就做好了，密封在小罎子裡，想吃的時候咬一兩根，很解饞。

再就是蒸糯米酒了，日子也要選在十月小陽春，天氣熱，兩個奶奶把庫房裡的大小圓缸搬出來，用清水洗乾淨，再用開水反覆消毒，在太陽底下曬乾。等每口圓缸都散發出太陽的香味了，就開始浸泡糯米。一般，糯米以斗計量，在我們這裡一斗二十斤，往年蒸個四斗五斗頂天了，今年足足蒸了十斗。

福奶奶說：「今年不一樣了，兩邊房子，兩邊都要招待客人，得豐足一點，別讓人家把鄉下人看扁了。」

我想，到家裡的客人，原本也是鄉下人，互相幫襯著，誰會看扁誰呀？這些道理福奶奶應該知道。

浸泡了一個晚上的糯米，在早飯後被撈起來，裝進大大的飯鍋裡，用清水澆透，放進大鐵鍋，蒸到七八分熟——蒸糯米酒與打年糕不一樣，打年糕必須蒸熟，蒸糯米酒不能蒸熟，否則釀出來的米酒分量就少了。

「為什麼蒸熟了，釀出來的酒更少呢？」我好奇地問福奶奶。

「蒸熟了，發酵的時間短，加水量就少，酒就少了。」福奶奶說。

我還是不明白，多加點水，沒什麼影響吧？這個問題一直困擾了我好久，還是得不到答案。

糯米蒸到了七八分熟，就倒到一個大籃子裡，均勻地攤開，撒上碾碎的酒麴，反反覆覆攪拌，整座房子彌漫著糯米飯的香味，特別好聞。攪拌得均勻了，再團成一團一團，放進陶缸裡，最上面一層壓實、壓平，中間挖一個拳頭大小的小洞，外面用草紙封口，用棕繩綁好。大約一週以後，酒香開始散發出來，打開草紙，小洞裡開始有酒溢出來。往後的日子，酒香味越來越濃，兩個奶奶眉開眼笑。

等到冬至前後，取來五指山一處水質最好的山泉水，每缸加到八分滿，用竹片攪拌均勻，這樣隔一週攪拌一次，一共攪拌三次。到臘月初八以後就可以把酒濾出來，裝進大大的酒罈子裡，放到穀糠火堆中慢火煮一天一夜，過年的客家米酒就這樣釀好了。講究的人家還會把煮好的米酒再次過濾，再次慢火煮一天一夜，這樣的熟酒黏黏的，據說很補。

當然，這些是為過年準備的，我們家搬家用的還是暑期煮好的「嫩酒」，雖然沒有那麼香醇渾厚，但爸爸說了，要的就是山嶺的味道。

臨近搬家的日子，福奶奶請來屠夫，把大肥豬殺了一頭，留了一頭過年用。

殺豬那天一早，屠夫按照福奶奶的吩咐，把豬血、大腸備好，豬骨熬湯，熬好的骨湯用來煮豬血、大腸，加上白豆腐、香菇，煮了滿滿的一大鍋。這就是山嶺的殺豬菜了。我根據福奶奶的吩咐，把這鍋殺豬菜分成一小盆一小盆，分別給各家各戶送去，遠一點的不好端，福奶奶就會一家一家叫，請大家來分享我們家殺豬的喜悅。

屠夫把豬的各個部位分塊，像豬肚、豬心直接用細鹽醃漬；四個豬腿和一部分五花肉先在水裡煮熟了，撒上細鹽，裝在陶缸裡備用；另一部分五花肉、豬耳朵、豬肝、豬腰則做成燻肉。做燻肉比較繁瑣，第一步也是在大鍋水裡煮熟，再用

忙碌的奶奶

細鹽把肉醃兩三天，穿上繩子，一條條一塊塊掛滿屋簷，自然風乾。看看差不多要乾了，睡前把肉取下來，搭在大鐵鍋上，鐵鍋裡燒上少許米糠，用米糠的煙慢慢燻製。第二天一早，香噴噴、金黃油亮的燻肉就做好了。

「都市人有錢都買不到！」福奶奶跟我說。

「來了客人，切一盤燻肉，配上米酒，真是享福！」

我還知道，這樣醃的燻肉，埋在白菜乾裡面，到明年清明節都還一樣新鮮。

看我饞得口水直流，福奶奶就切上一盤，早上配稀飯，滿嘴留香。

當然，晾曬、醃菜乾、蘿蔔乾，也是必備的功課。就這樣忙忙碌碌，兩位奶奶準備了一擔菜蔬豬肉，還幫幾隻雞鴨開小灶，天天餵米糠拌飯，半個月下來，一隻隻被養得毛色金黃、肥滋滋。一切準備就緒，等著搬家的那天，爸爸開車來接我們的時候，帶到城裡去。

我家就在公園旁邊 搬往新房子這天是週五，我提前請了假。兩位奶奶早早起床，備好了菜蔬豬肉、活雞活鴨，自己梳妝打扮一番，穿上新衣。我也穿上新衣，還背上書包。

吉時定在九點半，爸爸七點多就到了，我們早就 收拾好了。我們坐在爸爸的廂型車裡，一路上有說有笑。

福奶奶說：「真像做夢一樣，我們也能在城裡買房子！」

福奶奶又說：「都市人，我們一直認為他們高人一等，現在我們家一山也要做都市人了！」她們看著我樂呵呵的，我看著她們也樂呵呵的，心裡面比喝了蜜還甜。

很快就到城裡了，看著熙熙攘攘的人流、車流，我目不暇給。

「都市人那麼多，一山，你可要注意安全啊！」李奶奶握著我的手說。

「好多車啊，看看看，那輛車還開得挺快，一山，你一定得躲遠一點！」福奶奶指著窗外說。

「城裡的變化可真大！」李奶奶感歎道，「我年輕的時候來參加文藝演出，都不知道在哪裡了，一點痕跡都沒有了！」

「別說年輕的時候，我前兩年到我女兒家，現在都找不到了！」福奶奶跟著感歎。

要我說，城裡變化最大的，應該算是高樓增加了公園也多了，整座城市要比前幾年大了一圈。

忙碌的奶奶

爸爸把汽車開進了一條林蔭大道，這裡我有印象，是通往欒樹公園的路，哪裡有幼稚園，哪裡有兒童樂園，哪裡有超市，我全知道。

越往裡面走，離欒樹公園越近了。最終，汽車停在了公園綠地的旁邊。記得這裡原來是有圍牆的，公園也是收費的。可如今圍牆拆了，一排排紅花檵木代替了圍牆，到處都可以進公園。

「爸爸，公園不收費了嗎？」我吃驚地問。

「不收費了，如今所有公園都不收費了，拆牆見綠，公園成了市民們的後花園。」爸爸說。

太棒了，公園可以自由出入，豈不天天可以逛公園了？我正想著，媽媽從旁邊的一幢大樓裡走下來，我抬頭一看，這座大樓有十幾層，正對著欒樹公園。

我衝過去一把抱住媽媽：「媽媽，我們就住在公園旁邊嗎？」

媽媽笑著說：「是啊，滿不滿意啊？」

「滿意，太滿意了！」我忍不住跳起來。

大家忙著往家裡搬東西，我們家住在六樓，電梯直上，一轉眼就到了。表哥鍾佳宸坐在客廳的一角玩遊戲，看到我，連忙跑過來拉著我一起玩。

公園旁邊我的家

我拉著他先看看房子，房子不大，三個房間，一個客廳，一個餐廳，開放式廚房，一個陽台，一個廁所。

媽媽過來，把我帶進一個小房間，一張木板床，一張書桌，一個小衣櫃，一扇小小的窗戶正對著公園。

「這是你的書房兼臥室，喜歡嗎？」媽媽問我。我心裡很激動，太喜歡了，一切都像做夢一般。

我喜歡木板床，上下兩層，由我怎麼擺設。最喜歡的 還是窗外的公園，如今欒樹披上了金裝，滿眼金黃。

遠處公園那頭過去一點，是姑姑他們家。他們家離欒樹公園的西門也不遠，以前我和鍾佳宸經常從那一邊進入欒樹公園，再從這一頭出來，然後去兒童樂園遊玩。實驗小學正好在我們家和姑姑家的中間地段。

我才沒心情玩遊戲呢，拉著鍾佳宸的手，硬要他陪我去逛公園。

「鄉巴佬，公園就在家門口，天天都可以逛，幹嘛這麼著急啊？」鍾佳宸笑話我。

這時，姑姑從廚房裡出來，一邊掀起圍裙擦手，一邊數落表哥：「佳宸，怎麼跟弟弟說話呢？」我連忙過去叫姑姑，姑姑看著我，眼睛閃著光：

「二山，進城來了，以後就可以跟佳宸做伴了。不急，等搬新家的儀式結束了，讓佳宸陪你到處走走！」

我點了點頭，看大人們都在忙碌，就在佳宸旁邊坐下來，一台大電視正在播放音樂節目，我這才細心觀察，客廳裡擺放著一套布藝沙發，一套木茶几，茶几上擺放著幾盤水果、花生、紅棗，正對面的牆上掛 著一台大電視，電視兩邊放著兩盆綠色植物，跟我差不多高。客廳一邊有個落地窗，窗簾已經拉開，向外眺望，車水馬龍，大半個城盡收眼底。另一個角落擺放 著一張電腦桌，佳宸正坐在桌前玩遊戲，一切布置都那麼好。

▶我們很快打成一片

一眨眼間，九點半快到了。根據姑丈的安排，家裡由姑丈、姑姑、佳宸迎接，我們從公園東大門出發，公園東大門門口擺了一個小香案，爸爸媽媽、兩個奶奶和我燒香拜土地，放鞭炮，就按照順序向新家走去。

我們來到家門口，姑丈站在門口把我們一個一個迎進去，姑姑則幫我們把東西接進去，佳宸調皮地站在一旁跟我們做鬼臉。

爸爸進門，姑丈高呼：「榮華富貴！」

媽媽進門，姑丈高呼：「五穀豐登！」

我進門，姑丈高呼：「步步高升！」

福奶奶進門，姑丈高呼：「五福臨門！」

李奶奶進門，姑丈高呼：「萬壽無疆！」

陽台邊也擺好了香案，我們又一次燒香。

我問坐在茶几邊泡茶的姑丈：「我們為什麼要從公園的東大門出發呢？」我不太明白。

「東大門，意為旭日東昇，表示從這裡出發，前途像太陽一樣越升越高的意思！」姑丈解釋道。

我似懂非懂。這時候，佳宸拉著我往外走，我才想起要去逛公園的事情。

我們下樓，穿過花圃中間的過道直接進入欒樹公園。

欒樹公園挺大的，因遍植欒樹而聞名。今天是週五，公園裡一些奶奶推著嬰兒車、抱著孩子，或者幾個老爺爺聚在一起下棋，跟我們同年的人不多。

我們很快打成一片

「你今天不是要上學嗎？」我想到今天不是週末，問佳宸。

「我讓我媽幫我請了假，你搬家，我才沒心情上學呢！」佳宸扮了個鬼臉。

涼亭、湖泊、棧道、兒童遊樂園……欒樹公園並不像瀑布公園那樣氣勢雄偉，而是小巧玲瓏，裡面遊玩的地方也是老樣子。我們走走看看，買溜溜球、在城堡裡穿梭，到湖裡划船……

地方是老地方，心情已非常不一樣。

以前鄉下人進城，哪裡都是新鮮。現在這裡正對著我的房子，正對著我的房間，以後可是我家的後花園，一下親近了許多。

回家吃午飯，自然豐盛得不得了。

「晚上，在城裡住的親戚，我們的同事，有兩桌客人要來新房祝賀！」爸爸說。

我和佳宸不太關心這些，倒是佳宸幫我約好了幾個朋友，晚上要在欒樹公園的兒童遊樂園見面。

吃過晚飯，家裡在猜拳行令、敬酒聊天，好不熱鬧。我和佳宸跟奶奶、姑姑說一聲，來到欒樹公園。夜晚的欒樹公園比白天漂亮多了，在燈光的照射下，整個欒樹公園就像戴著面紗的美人，神祕莫測。我們很快來到兒童遊樂園，那裡已

經等了四個 男孩。他們衝上來，迎面就是一拳，我們閃開，大家哈哈大笑。

四個人，有一個我認識，叫楊家亮，長得高高瘦瘦，戴一副眼鏡，看上去斯斯文文。

表哥把另外三個介紹給我認識：李學成、鍾烽、池益陽。他們都是實驗小學四五年級的學生，家住在 欒樹公園旁邊。表哥又把我介紹給他們。

「我表弟牛一山，家就住在那裡，今天搬新家！」佳宸用手一指，遠處最高那棟大樓，裡面有一扇窗戶正對著這裡，可是我根本看不出是哪一扇窗了。

我們分成兩組玩碰碰車、玩具槍打氣球……晚上，湖面上的遊船停止營業，我有點望湖興歎。

佳宸看出了我的心思，向夥伴們介紹說：「一山可是個划船高手、游泳高手，是我見過的人裡面，最厲害的一個！」

他們一個個露出羨慕或者是不屑的目光。我很想證明一下自己，又看了一眼空蕩蕩的湖面。雖然我們初次認識，但已像認識多年的老朋友了。

▶不一樣的煩惱

第二天是週六。睜開眼，雪白的牆，整潔的書桌，我伸一個懶腰。首先拉開窗簾，外面一圈薄薄的白霧，欒樹公園在晨光映照下閃著金光。跑步的、打太極的、跳舞的、騎車的，公園裡的一切盡收眼底。再遠處，各條街道也醒來了，車來車往，開始了一天的忙碌。想到往後每天都可以看到這些美好的景象，我開心地笑了。

穿好衣服，打開房門，李奶奶已經在打掃了。福奶奶從廚房裡出來，她讓我先洗漱，待會陪她去菜市場看看。

洗漱完了，福奶奶提著一個籃子準備出發。媽媽從房間裡出來，笑著說：「媽，這裡人上街不提籃子。」

「那買菜用什麼提回來？」福奶奶疑惑地問。

「都是商家提供的塑膠袋，很輕便。」媽媽說。

福奶奶嘀咕著說：「我還是習慣提著它。」

媽媽沒再說什麼，看著我們出門。

菜市場在不遠處，下樓左轉，往前一兩百公尺就是「欒樹市場」。這時候早市已經開始了，市場上熙熙攘攘，好不熱鬧。我跟在福奶奶身後，記得我們曾經跟著姑姑上過市場，卻不是這個「欒樹市場」，比這裡還要大。

福奶奶這邊瞧瞧，那邊看看，看見一個地攤前圍著很多人，那是賣冬筍的攤子。奶奶也想擠進去看看，提著的籃子不小心磕到了一個大嬸，那個大嬸立即轉過來，橫眉怒目破口大罵：「瞎了嗎？哪來的鄉巴佬，提那麼大的籃子，想去田間拔草啊！」

福奶奶和顏悅色地說：「這是趕市集裝東西用的。」

「土裡土氣，還趕市裝東西，回你的鄉下去！」那個大嬸一張嘴巴一點都不饒人。

我拉著福奶奶往外走，想不到那個大嬸還向地上啐一口：「鄉巴佬！」

不看不知道，市場上的東西可真多啊！就連我們鄉下最土的芋頭地瓜、扁擔掃帚……應有盡有，許多東西連名字都叫不出來。

福奶奶小心翼翼地走著，走到魚市場，一個大漢扛著一個蛇皮袋，把我們往兩邊推開，嘴裡說著「借過借過！」來到一個大水池邊，直接打開蛇皮袋的口子，幾十條大魚劈裡啪啦從高處落下，滑進水池裡，頓時水花四濺，我和福奶奶一不留神被濺了一身水。

我想跟那個大漢理論，福奶奶拉著我的手就走，無可奈何，我們只好啞巴吃黃連——有苦說不出。

我們來到熟食區，福奶奶買了一些喜歡的糕點，什麼大黃米糕、芋頭糕……再看看蔬菜區的蓮藕，白白胖胖的，也買了兩節，隨便轉轉就回家了。

回到家裡，我們先換了衣服。我把跟福奶奶的遭遇跟媽媽說了，忍不住問：「媽媽，都市人是不是都這樣啊？」

「不會都這樣，不過一種米養百種人啊！」媽媽翻看了一下福奶奶買回來的東西，大聲說：「媽，這塊大黃米糕不熟，還有心呢。芋頭糕太硬……您怎麼選的呀？還有，這蓮藕是經過特殊加工處理的，看起來好看，吃了不好，這種藕還是脆藕，燉湯不爛……」

我看福奶奶的臉上掛不住了，第一次買菜以失敗告終。她氣呼呼地說：「你們不吃我自己吃，就見你們嫌東嫌西。」

媽媽張了張嘴，終究沒有再往下說。

李奶奶端出稀飯，熱了幾樣剩菜，切了一盤燻肉，一家人上桌吃早飯。

爸爸調侃地說：「城裡心機深，比不得農村……」

我看見福奶奶和媽媽的表情有點怪怪的，倒是李奶奶笑了笑：「以前想吃什麼都沒有，現在什麼都有了，開始選什麼好吃什麼不好吃了！」

吃完飯，佳宸過來接我去瀑布公園划船。還是昨天那幾個玩伴，楊家亮、李學成、鍾烽、池益陽，我們買了划船的票，來到瀑布公園的月亮灣。這裡我們暑假的時候來過，那時候人山人海，現在明顯要冷清得多。應該是冬季的原因，水上運動大多在夏天玩起來更開心。

月亮灣有人造沙灘，還有一個橡皮艇碼頭。可是我看到裡面的水很渾濁，轉彎的地方還漂浮著許多泡沫。

管理員阿姨說：「這裡由於不是主河道，活水進不來，好久沒下雨了，你們看水都變黑了。」

她這樣一說，我彷彿聞到了一陣陣腥臭味。

管理員阿姨給我們一人一張《安全手冊》，讓我們自己隨便玩，自己卻低頭玩起了手機。

不一樣的煩惱

《安全手冊》寫了很多：十八歲以下孩子在沒有成年人的陪護下不得駕駛橡皮艇，駕船一定要穿救生衣……

我們把《安全手冊》隨手一丟，挺起胸膛、邁開大步，向橡皮艇碼頭進軍。

來到橡皮艇碼頭，根據約定，怕有人出來阻止，鍾佳宸一邊看著管理員，一邊當裁判，看看誰才是真正的駕船高手。我們五個人一人一艘小艇，從起點出發，終點在前方約一千公尺的地方，有一條明顯的標誌線。

上得橡皮艇，這皮製的小艇又窄又長，還是雙槳的，我試了試，還可以，應該很快可以適應。

我向他們看看，發現每人划的小艇顏色不一樣，我的是黃色的，楊家亮選的是藍色的，李學成、鍾烽、池益陽選的分別是赭色、綠色、紅色，看他們幾個穿上救生衣，我也穿上救生衣，對他們做了個勝利的手勢。

隨著鍾佳宸一聲令下，大家同時出發，我由於沒有練過，一開始還不適應，左右手力量不均勻，小艇滑行路線歪了。隨著慢慢調整，力道越來越均勻，小艇走上自己的賽道，我開始看看周圍，他們跟我差不多，到現在都還沒調整好，楊家亮和鍾烽的小艇甚至都快撞在一起了。

由於平時有鍛鍊，我越划越順手，很快就超越他們，並且越來越快，一下就遙遙領先了。當我撞過終點線回頭看時，遠遠地看到兩艘小艇撞在一起，其中一艘小艇上的人掉進水裡了。我連忙掉轉頭向落水處划去，落水的是紅色小艇的池益陽，他漂在水面上，兩隻手胡亂地抓。

我遠遠地說：「池益陽，別緊張，保持冷靜，我來救你！」

等小艇靠近他時，我放慢速度，跳進水裡，借著救生衣的浮力把他輕輕往上托起。由於每艘橡皮艇都只有一個位子，上面沒人幫忙，無法把他送到小艇上，我只好一隻手抓住橡皮艇，控制好方向，一隻手托住池益陽，兩腳不斷地向後踢，往起點遊去。

救生衣有浮力，但這樣反而影響了划行的速度，我的兩臂越來越酸，都快要撐不住了，鍾佳宸在岸上一直叫喊：「一山，加油！一山，加油！」好不容易划到起點，我筋疲力盡，一頭栽倒在沙灘上。

鍾佳宸把池益陽拉上岸，池益陽也非常累，還喝了好幾口水，一到沙灘就趴在那裡狂吐。

這時候，公園管理處的兩個大叔急急趕來，訓了我們一頓。

看著往回划過來的楊家亮、李學成、鍾烽，眼前的河水拍打著沙灘，留下一條條黑色的弧線，我不禁噁心起來。

我脫了救生衣，一陣冷風吹來，我渾身發抖。就這樣，我們五個人，回到家裡病倒了三個，我、池益陽、李學成都感冒發燒了，渾身還長滿紅紅的疹子。

好久以後，談起這件事，鍾佳宸還幸災樂禍呢！

▶回到山嶺

迷迷糊糊躺在床上，我不禁浮想聯翩：是都市好呢，還是山嶺好？想想月亮灣那黑黑的水面，我不禁感歎：還是翡翠灣好啊，那水多清澈呀！轉而又想，翡翠灣也曾經哭泣過，月亮灣也是可以治理好的。

這一燒就是三天。等到燒退了，福奶奶和李奶奶吵著要回去。是啊，家裡的牲畜、菜地都是委託趙奶奶管理的，城裡雖然有公園有超市什麼的，但總比不過她們心中對山嶺的牽掛。再說，我的學習也不能拖延！

「我已經把一山的戶口遷過來了，可是實驗小學的教務主任說了，學期中一般不接受轉學，得過完年開學的時候再轉。」爸爸看著我說。

公園旁邊我的家

爸爸開車送我們回去，兩個奶奶又是大包小包的。媽媽送我們到車上，她拉住福奶奶的袖子說：「媽，我是刀子嘴豆腐心，您別見怪呀！想過來隨時讓阿皓過來接你們！」

福奶奶翹了翹嘴巴，有點難為情地說：「我又不是小孩子，難不成跟你生氣？」

李奶奶接過話：「現在城裡有家了，我們來回走，不會少麻煩你們的！」

爸爸說：「對，來來去去的，生活就豐富多啦！等一山放寒假了，我來接你們！」

我抬起頭，看著那扇屬於我的緊閉的窗戶，心裡默默地說：放寒假了我就過來，我每天早上打開你！

很快回到了山嶺，福奶奶從城裡帶回來各式糖果糕點，她交代我誰家一包麵、一盒糖果，那是對我們搬新家有表示祝賀的，或者送了禮物的，算是回禮了。

回禮當然也有牛大伯的份了，我剛跨進牛大伯的家門，他坐在大廳裡遠遠地打招呼：「一山回來了，新房子喜歡嗎？」

「很喜歡，我們家就住在欒樹公園旁邊，視野好、空氣好、風景好！」我得意地說，一邊把東西放下。

「那就好！」牛大伯滿意地點點頭，「可是，你要離開山嶺到城裡上學了，我們捨不得呀！」

「我也捨不得大家，我還有兩個奶奶在這裡住，所以我還是會經常回來的！」我說。

「我有多不甘心啊！」牛大伯歎了口氣。

「大伯，您有什麼不甘心呀？」我疑惑地問。

想一想，牛大伯是我們山嶺的中心，天不怕地不怕的牛大伯，遠近聞名。

「你看啊，前一次來的醉玲瓏戲團，竟然敢瞧不起我們樂隊，現在我終於看到希望了，還有少年樂隊，終於可以把這個技藝傳承下去了，尤其是你，經過多次參加樂隊的演出，已經嶄露頭角了，我還準備把其他樂器的技藝也傳給你呢。唉……」牛大伯搖了搖頭，歎了口氣。

「我不是還沒走嗎？」我囁嚅著說。

「其實，你在家我們以為一切都是水到渠成。你可以當義務保育人員，可以當義務環保小衛士，可以當少年樂隊隊長，可以幫我為茶園的發展出謀劃策……」

牛大伯感慨萬分，「沒想到，你和山嶺其他孩子一樣，總會有離開家的那一天……」

牛大伯的一番言語，令我深深自責。可是，我又覺得自己無能為力……

種下一棵心願樹

▶五指山下的訴說

我的生活依舊那麼有規律。

每天，我會駕駛紅月牙到翡翠灣巡邏，我會放網捕魚、收網回家，我會背著書包上學放學，我會到小花台吹笛子、唱歌、講故事……我會跟著牛大伯一起訓練少年樂隊。

週末，我會到牛大伯家的庭院裡排練樂隊，會跟著牛思林爺爺進山當義務保育人員……

牛丁依舊跟著我，形影不離。

可是，發生的一件事，讓我和牛丁差點鬧翻了——

週六早上，牛丁早早地到家裡來等我，我們一起來到碼頭，駕駛著紅月牙，到溪的上游巡邏。

路上我跟他商量：「牛丁，我想了很久，要把我的這艘小木船送給你，但還有一件事想麻煩你——」

牛丁回過頭斜視著我：「想讓我一個人當義務環保小衛士嗎？我不要你的小

船，我一個人也不會去當什麼環保小衛士！」

他的回答令我措手不及，一股無名的怒火從我心底竄起：「你這人，該說你沒有道德呢？還是說你沒有愛心？」

牛丁「唰」一下從小船上站起來：

「我沒道德？我沒愛心？我跟著你做了多少義務勞動？你也別頤指氣使……」

小船頓時搖晃起來，我吸取了前一次翻船的教訓，連忙示意他坐下。牛丁氣呼呼地坐下，把臉扭向一邊。我照例把河道裡的白色垃圾撈起來，牛丁也會把垃圾裝進筐裡，就像平時一樣。但是，我們沒有再說一句話。

回到家裡，我的火氣還沒有消，於是我一個人 來到小花台，面對菜地講故事、吹葉笛。

想想多少 年的好朋友了，這點小事也跟我吵。我不是還沒說嗎？我不是跟他商量嗎？想著想著，我鼻子一酸，眼淚就掉了下來。

晚飯我也沒有胃口，隨便吃幾口，把碗一推就走。李奶奶在後頭叫我，我也沒有應她。

我帶了一支手電筒，直接往牛汀州家裡走。牛汀州正坐在大廳裡拉二胡呢。說實話，他拉二胡真沒天分，都幾個月了連弦也調不準。倒是有一首曲子，他拉得滾瓜爛熟，提前幫他把弦調好，聽起來還是有點味道。

他見我進來，連忙停下來，拿椅子讓我坐。

劉奶奶忙著做家事，我問了一聲好，就挨著牛汀州坐了下來。

「我們的一山隊長，大忙人，今天怎麼有空來看我呀？」牛汀州調侃我說。

「沒事，就是隨便走走，聽到你的二胡聲了！」我輕描淡寫地說。

「說說看，我的二胡技藝有沒有進步？」牛汀州緊張地看著我問。

「你很勤奮，有些曲目掌握得不錯！」我肯定地說，但是沒有說他弦也調不準。

「還是你瀟灑，一支笛子吹得出神入化，尤其令人羨慕的是葉笛，到哪裡都能吹，神！」牛汀州一臉羨慕。

他看我眉頭緊鎖，放下手中的二胡，拉著我的手問：

「一山，你不高興嗎？遇到什麼事了？」

我鼻子酸酸的，一仰臉，總算沒讓眼淚掉下來。牛汀州沒見過我這個表情，直接給我個擁抱，我也緊緊地抱住了他。

「汀州，我明年就要轉學了……」我原本想說牛丁的事情，一脫口卻是這句話。

「我們都知道，大家都很捨不得你呀！」牛汀州鬆開雙手，一動不動地看著我。

「牛大伯跟我講了很多，講到少年樂隊的事情，講到義務保育人員的事情，也特別講到義務環保小衛士的事情。我真的很難過！」我打開話匣，吐露真心話。

「是啊，平時你做的這些，大家都習以為常了，可是當你要轉學，要離開我們了，我們才發現你有多重要！」牛汀州又緊緊地抱住了我。

櫻花茶園種櫻花天色漸漸暗下來了，眼前的櫻花茶園若隱若現。燈光下，我忽然覺得有太多太多的話要說。我接著說：「我們的山嶺太美麗，也太安靜了！美麗是因為有我們留守的爺爺奶奶，還有我們這些孩子，我們 努力保護好這裡的山山水水、這裡的空氣、這裡的夢想！安靜是因為離開，每年都有人離開，還有人在繼續離開！可為什麼？為什麼沒有人回來？除了過年過節，除了家中還有老人和小孩子……」

「你還不是一樣，馬上就要離開了？」牛汀州打 斷了我的話。

「讓我說完，別打斷我！」我插嘴。

「我知道我也要離開，也許有一天，你也要離開！既然山嶺這麼美麗，美麗得讓所有外來的人感到羨慕，我們為 什麼還要離開？」

牛汀州瞪大眼睛看著我，好像不認識我似的。

「再說說，我們山嶺引以為驕傲自豪的東西——音樂，為什麼醉玲瓏的朱老師會瞧不起？為什麼山嶺我們的上一輩沒有人願意學習？我願意學了，我們都願意學了，可是隨著我們一個個離開，終究還是要支離破碎……」

我換一口氣，接著說：

「我們還有翡翠灣、高腳屋，翡翠灣現在還保護得很好，明天呢？明天的明天呢？我在瀑布公園看到的那一潭黑水令人難忘……而高腳屋，遲早也會像我們整個山嶺一樣，因為太安靜而衰敗的……」

牛汀州雙手托著下巴，眼睛透過黑暗，看著遠方。他沒有插嘴，任由我往下說：

「福奶奶說，這裡以前雞飛狗跳，每天總會有人吵上幾句，因為鄰家的雞偷吃了米，因為鄰家的孩子偷摘了瓜……可是看看現在，缺少了雞鳴狗叫，你以為就好了嗎？」

牛汀州的眼光投向廢墟的方向。

「我知道，對的事情總會有人堅持下去，比如義務環保小衛士，我離開了，溪、翡翠灣和廢墟，還會一樣乾淨……」我的話題終於繞回來了。

「牛丁還會接著做義務環保小衛士嗎？」牛汀州問。

我吃驚地覺得，現在對牛丁沒有一絲絲怨氣了。

「這個由他，誰都有做與不做的權利！」我隨口應道。

這可不是我來牛汀州家的初衷，我原本想要傾訴，想要讓牛汀州做做牛丁的工作。

「在山嶺，誰都沒有你的划船技術強，誰都沒有你的游泳本領厲害，就算他們願意去做，家裡的老人也不會同意！」

牛汀州又接著問道，「趙奶奶會讓他的寶貝孫子一個人划船嗎？」

我一時語塞，看著櫻花茶園發呆。像是想起了什麼，我提議：「明天，你跟我進山，我發現了好幾棵南國櫻花。」

牛汀州問：「你是想把發現的南國櫻花挖回來，種在櫻花茶園？」

「對！」

「哪這麼容易，南國櫻花根深葉茂，沒有大人的幫你休想！」

「就求你幫幫忙，我突然有個心願，我一定要親手種下一棵南國櫻花！」我固執地說。

第二天，我約上牛汀州和牛思林爺爺一起進山。牛汀州看起來長得壯實，其實缺少鍛鍊，才走半個小時就累得氣喘吁吁了。我拿著長柄劈刀，今天多帶了一把山鋤，一邊爬山、一邊跟牛思林爺爺聊天，依然走得氣定神閒。

牛思林爺爺當然知道我快要離開山嶺了，他問我：

「一山，兩個奶奶的煙囪要是沒有了炊煙，會怎麼樣？」

「不會的！」我肯定地回答。

「現在的柴火能燒 上好幾年的。再說了，我們山嶺那麼多爺爺奶奶都幫她們！」

「這個你說對了！」牛思林爺爺眼裡閃著光芒。

「我們家的煙囪可以永遠不冒煙，可是你們家的煙囪，一定要繼續冒煙！」

我們找到一株不大的南國櫻花，在牛思林爺爺的指導下，我斬斷了這株樹的主根，去除了多餘的枝杈。後來找到一棵更小的，牛汀州吵著也要種一棵，於是他也動手挖了一棵。當然，牛思林爺爺打了一把枯枝，背在背上。

費了九牛二虎之力，我們回到櫻花茶園，選一個正對著我家的轉角邊，挖一個洞，牛思林爺爺指導我：拌一堆泥漿，黏在這株南國櫻花的根部，再黏在被砍斷枝丫的斷口處，樹穴底部鋪一層乾稻草，再上一層肥沃的鬆土種上樹，四周壓實，旁邊插一圈木棍，澆水後大功告成。

牛汀州學著我的樣子，在離自己家近的茶園邊緣，種下了另一棵南國櫻花。一陣涼風吹過，看著旁邊正在發芽的櫻花樹，我彷彿看到剛種下的這棵南國櫻花在春風中節節拔高，開出了鮮豔的花朵。

▶高腳屋如詩如畫

大樟樹下的宣傳欄裡貼著一排海報，其中一張是這樣的：一幅高腳屋的全景圖，背景是五指山，倒映在碧綠的翡翠灣。下面一段文字：高腳屋，婉約的鄉愁，她的美在於她的古樸和原生態。

是的，我們自小就在高腳屋裡嬉鬧，駕著小船在高腳屋下穿梭。每到朝陽初升或夕陽西下，高腳屋在晨輝夕照下，美輪美奐、如詩如畫。若是在年節喜慶時，華燈初上，煙火璀璨，高腳屋在一陣陣升騰的煙火裡閃爍，神祕的村寨越發令人嚮往。

近年來，來自遠遠近近地方的攝影家、畫家結伴而來，來這裡寫生創作，偶爾也會請我划著紅月牙，靜靜地在翡翠灣滑行，他們要捕捉最美的瞬間；或者就停留在平靜的水面，描畫出高腳屋在青山綠水間的永恆。

廢墟其實就是在高腳屋的基礎上形成，那些店面一半沿著翡翠灣，另一半隔著一條三四公尺寬的街道建在村子。店面對面，農曆逢六是個趕集日，據說廢墟以前是臨近七八個村子農副產品交易的場所，現在成了臨近村莊老農們交換有無、聊天喝酒的地方。

集日這天，吃完早飯就會有一些爺爺奶奶提著竹籃，帶來自家的雞鴨鵝兔，也會有人帶來一些竹木製品、種子樹苗、農具副產品，也會有豆腐坊、豬肉攤，東西不多，就擺在沿街的屋簷下。有幾間店開著，茶葉合作社可以隨意品茶，豆腐坊賣潔白的豆腐、黃燦燦的豆腐乾，當然也有滾燙滾燙的油豆腐，十塊錢一碗，撒上蔥花、胡椒，滴幾滴香油，幾位老爺爺坐在旁邊要一碗陳酒、一碗豆腐，或者再來兩塊豆腐乾，一坐就是半天。

也有一兩家小吃店，平時不開張，集日這天會早早開門，粄條、魚湯，偶爾會有煎餅。這些小吃家家戶戶都會做，來吃的 人都是鄉里鄉親，無非就是省麻煩，更重要的是找人說說話，很久沒見的碰碰面，打聽一些親戚朋友的資訊。

集日十一點多就散了，各自買幾斤肉、一兩塊豆腐回家去了。早些年很多人是坐船來的，後來有了柴油機做動力，遠遠地就可以聽到船從哪個方向來、往哪個方向走。

這幾年路通了，大多數 人騎著摩托車來，也有騎單車的，更多的還是走路。你想想，六七十歲的老人了，路程不遠，有伴說話， 走走路也挺好。

碼頭就在大樟樹底下不遠處，這裡自然成了納涼歇腳的好去處。大樟樹下還有大石板、長條凳。每天一大早，有人把碼頭的台階打掃乾淨。

夏天太陽下山後，納涼的人就會三三兩兩來，時間差不多了， 就會三三兩兩散去。

冬天，上午八九點以後，太陽暖暖地照下來，石凳上的水珠漸漸曬乾了，就會有人抱一個熱水袋，坐在大樹底下曬太陽。

人們看著翡翠灣一漾一漾的波紋，就會談論多少年前，這個碼頭有多熱鬧，房子是 怎樣一間一間建起來，誰家蓋了新房子，高腳屋就空在那裡了；誰家搬到大城裡去了，誰家的孩子考上了大學；誰成了老闆當了官了；誰誰誰生病死了……

或者，牛大伯帶著樂隊的鼓樂手，到這大樟樹底下熱鬧一番，這時候，翡翠灣、高腳屋就成了背景。哪怕成了背景，高腳屋也是很美的背景，像一幅水墨畫。

▶紅月牙又成新的了

我還有一件心事，那就是我心愛的小木船紅月牙。那次和平安的惡作劇，小木船的船頭被撞傷了，而且出現了一個洞口，就像是剛換牙的孩子，咧開嘴，白牙露出一處缺口，既滑稽又可笑。跟隨我三年多了，我卻讓它無辜受傷，想想都心痛。

我想了很多辦法，自己削一塊小木板，用釘子釘上，才划一趟，水一泡就掉了；拿一塊硬紙盒，剪出花紋，用鐵線綁住，前一天還好好的，第二天起來一看，只剩下一圈鐵線在那裡；買了一張顏色相近的紙，剪了一個龍頭的造型，用一個木架子固定在 龍頭的位置，倒是漂亮了幾天，岸上的阿婆還問我是不是換了一艘小龍舟；但我從城裡回來，就只剩下一塊殘片了，紅月牙像一隻戰敗的公雞，沒有了生機……

紅月牙又成新的了

一天傍晚，我巡邏回來，把繩子固定在木樁上，雙手抱膝坐在石階上發呆。這時，牛大伯從廢墟過來，看見了我，挨著我坐下來。

「二山，想什麼呢？」牛大伯摸了摸我的頭，親切地問。

我回頭看了他一眼，眼睛繼續看著我的紅月牙。「大伯，我在想，我去城裡上學了，這義務環保小衛士是不是就沒人做了？」我輕輕地問。

「應該是這樣的，村委會為了這件事還開了會呢！」牛大伯說。

「我們把環保範圍從陸地擴展到水中，你們做的那部分工作，由環保監督小組來完成！」

「也是，小孩子划著船，在這麼深的河道裡打撈垃圾，哪個家長會放心啊？」我歎了口氣說。

牛大伯盯著紅月牙看了一陣子，問我：「你的小船是不是受傷了？」

我點點頭。

「怎麼回事？是不是遇到危險了？」牛大伯緊張地問。

「沒事，就是醉玲瓏來的那段時間，我和平安因為貪玩，把小船划到了江河，不小心觸礁了。」我輕描淡寫。

「你這孩子，怎麼這麼不小心呢？」牛大伯站起，走下台階，拉著繩子，把紅月牙拉了上來。我也跟著走過去，看著牛大伯的一舉一動。

「你看看，這力道不小啊！」牛大伯指著那塊洞口說。

「好在沒有傷到『筋骨』，我來幫你修一下！」

牛大伯回家里拉了一輛板車，我們一起把紅月牙扣在板車裡，兩頭長長地伸出來，哪裡有凹槽，哪裡有腐蝕，看得一清二楚。

「先晾兩天，我來想辦法！」牛大伯看著小木船說。

我在牛大伯家裡坐了一下，天色漸漸暗下來，我告別牛大伯，穿過各家的燈火回家。

等了兩天，這兩天我沒有去翡翠灣，而是到了百花台，利用課餘時間，和少年樂隊的夥伴們一起訓練。

我們討論節奏，討論音準，討論合作……

我想，這是我們樂隊成立以來最默契的時光，沒有人分歧，大家都很投入。

我建議，今年過年我們少年樂隊也要像冠軍隊一樣，在大樟樹下亮亮相。不能因為我的原因，讓剛有起色的樂隊半途而廢。

紅月牙又成新的了

第三天一大早，我來到牛大伯家裡，推開門就看到我的紅月牙架在長條凳上，底朝天放著，可已經煥然一新了：船頭和船艄用洋鐵皮重新包裹，漆上了赭紅色的油漆，閃閃發光。

我蹲下身子，看看船艙，每一塊有瑕疵的地方都被打磨一新，該補的地方也都修補好了，用油漆重新粉刷。一陣油漆味衝出來，把我熏得有點眩暈，我感覺到幸福的味道。

牛大伯用板車把我的紅月牙拉到碼頭，輕輕放進水中。他努了努嘴，讓我體驗一番。

我坐上船艙，拿起船槳，沿著高腳屋轉一圈。熟悉的是划船的感覺，距離、力道、角度、方向，不一樣的是那些斑駁的地方不再斑駁，殘缺的地方不再殘缺，全身閃閃發光。

我忍不住大聲喊叫起來：「我的小木船又變成新了！」

牛大伯在岸上朝我笑了笑，揮揮手，轉身走了。我划著槳，一邊打撈水面上漂浮的白色垃圾，一邊吹起口哨，隨手摘一片樹葉，吹起了葉笛……水面上蕩起一圈圈漣漪，向遠方不斷擴散。

▶我的小船我的夢

轉眼間，年就到了。

山嶺像往年一樣，熱熱鬧鬧了半個多月。元宵節一過，又漸漸恢復平靜。

爸爸媽媽原先的意思，是要接我和兩個奶奶到城裡過年，可是，我作為少年樂隊的隊長，第一年在大樟樹下演出，我可不想缺席。於是爸爸媽媽也像往年一樣，回到山嶺過春節。

大年三十、正月初一和元宵節，我們少年樂隊跟在山嶺冠軍隊後面，一共進行了三場演出。前兩場都在大樟樹下，第三場則來了一場「遊行演出」，充滿挑戰。

我們獲得了不少掌聲，也鬧了一些笑話。比如，大年三十那天，我的笛子破了，剛好又忘記帶了，我只好摘一片樹葉，用葉笛演奏，這倒是吸引了不少眼球，博得了不少掌聲。可牛大伯說，怎麼可以喧賓奪主呢?傳統樂器的精髓是不能忘的;再比如，元宵節「遊行演出」的時候，有人把樂器不小心弄掉了，有人隨意轉調，少年樂隊的隊員們幾乎手忙腳亂，周圍圍滿了喝倒彩的人，真是羞愧。

正月初三開始，牛大伯找了我好幾次，一次是商討義務保育人員的接力問題，我提議讓牛汀州接我的班，劉奶奶反對，最後還是在李奶奶的勸說下，他答應先試著跟牛思林爺爺一段時間；一次是誰來當少年樂隊隊長的事情，討論來討論去還是沒有合適人選，只能等開學後讓老師幫忙想想辦法；一次是招募環保小衛士的話題，聽說不用划船在翡翠灣巡邏，牛丁自告奮勇，承擔起大樟樹和廢墟的衛生監管工作。大家都知道，這可是一項艱鉅的任務，每天的早晚巡邏不一定夠，自己還得拿一把鐵夾、提一個垃圾袋，到處清理垃圾，集日那天，還要拉下臉來得罪人。

「牛丁，你真厲害，大樟樹是我們村的門面！」我向牛丁豎起了大拇指。

「你不生我的氣了？」牛丁紅著臉，囁嚅著問我。

「不生氣了，你不是逃兵，你比我更勇敢！」我由衷地說。

牛大伯向我們倆豎起了大拇指。

牛大伯問我：「一山，說說看，還有什麼願望？」

我低頭想了一下說：「我有兩個願望，一個是可以說出來的，還有一個藏在心底，可以嗎？」

種下一棵心願樹

牛大伯爽朗地笑了：「好，像我山嶺的孩子！說說看！」

我指著碧波蕩漾的翡翠灣說：「我希望翡翠灣可 以一直乾淨下去！」

「這是個難題！」

牛大伯捋了捋下巴的白鬍鬚，兩眼看著溪上游的方向。

「翡翠灣的水清不清，有兩個來源，一個是溪的上游，這條溪從源頭開始到匯入大江，經過十幾個村莊。好在近幾年持續開展小流域治理，拆除了不符合標準的養殖場，現在上游來的水清多了；另一個來 源就是江的上游，雖然上游治理越來越嚴格，但還 是有個別企業違規排汙，特別是枯水期，水質就不能達標。這樣我們翡翠灣在江河水倒灌的情況下，難免也會受到污染……」

我知道，我這個心願不是一個山嶺可以解決的，關係到江上游和溪上游的千家萬戶。

還有一個心願我不能說，我要深深埋在心底，那是我對山嶺的眷戀和熱愛。

正月初九這 天，我邀上牛汀州、牛丁，在百花台旁邊的公園，栽種下一棵香樟樹。這就是我的心願樹——我是在山嶺出生的，這裡有我的根，我希望 一切優秀的技藝都可以被傳承，我希望山嶺的明天越來越美好……

我把心愛的紅月牙送給了牛丁，儘管他不負責翡翠灣的巡邏。他是我的好兄弟，對紅月牙也有著深深的感情。

我去跟牛大伯告別，感謝他這麼多年來對我的關心和栽培。牛大伯最疼我了，他從來沒把我當小孩子看待，什麼事情都跟我商量。他也一再感謝我的努力，讓他看到了山嶺的希望，激勵我在更好的環境裡再接再厲，為山嶺爭光。

牛大伯高興地告訴我：「一山，我要告訴你兩個 好消息。市裡派了一個交換大學生到我們山嶺，為我們輸送新鮮血液；還為我們山嶺做好了下一步發展規劃，一是設立文藝創作基地，二是成立文化旅遊公司，三是擴大茶葉產業，吸引更多年輕人返鄉創業……」

「我們山嶺要紅了！」我高興地說。

「不但要紅了，還會成為都市人到鄉村旅遊的首選地！」牛大伯笑著說。

「真好！我最擔心山嶺會越來越安靜，這下我放心了！」

牛大伯拍著我的肩膀說：「多回家看看，將來有前途了，也要回來創業，把山嶺打造得一片繁榮！」

種下一棵心願樹

我用力點點頭，把一粒希望的種子深深地埋在了心底。

開學前夕，我到山嶺小學找到楊校長，履行我們之間的約定。楊校長送了一套《世界上下五千年》給我，希望我可以放眼世界，還希望我常回母校。

我一直想去跟牛紫萱道別，終究因為內心的掙扎而沒有實現。

正月十六上午，爸爸載著我離開了山嶺。看著裊裊升騰的炊煙，我的目光漸漸地沿著五指山向遠方延伸。隔著窗玻璃，我漸漸地迷濛了雙眼……

就這樣，我離開了山嶺。那艘心愛的小木船經常到我的夢裡，還有那碧波蕩漾的翡翠灣。

我的小船我的夢

電子書購買

國家圖書館出版品預行編目資料

又見炊煙起 / 楊筆著 . -- 第一版 . -- 臺北市：崧燁文化事業有限公司 , 2021.04

面；　公分

POD 版

ISBN 978-986-516-540-6(平裝)

855　　109019114

又見炊煙起

臉書

作　　者：楊筆　著

發 行 人：黃振庭

出 版 者：崧燁文化事業有限公司

發 行 者：崧燁文化事業有限公司

E-mail：sonbookservice@gmail.com

粉 絲 頁：https://www.facebook.com/sonbookss/

網　　址：https://sonbook.net/

地　　址：台北市中正區重慶南路一段六十一號八樓 815 室

Rm. 815, 8F., No.61, Sec. 1, Chongqing S. Rd., Zhongzheng Dist., Taipei City 100, Taiwan (R.O.C)

電　　話：(02)2370-3310　　**傳　　真**：(02) 2388-1990

印　　刷：京峯彩色印刷有限公司（京峰數位）

定　　價：299 元

發行日期：2021 年 04 月第一版

◎本書以 POD 印製